너, 싸이코지?

재미있고 유쾌한 심리 이야기

너, 싸이코지?

재미있고 유쾌한 심리 이야기

초판 1쇄 발행 | 2004년 12월 23일
초판 1쇄 발행 | 2004년 12월 30일

지은이 | 싸이코 짱가
펴낸이 | 최영수
펴낸곳 | 자유로운 상상
책임편집 | 백지윤
기획진행 | xoproject(xoproject@paran.com)

등록 | 2002년 9월 11일 (제13-786호)
주소 | 서울특별시 서대문구 충정로 3가 3-95 (우편번호 130-013)
전화 | (02)392-1950 팩스 | (02)363-1950
이메일 | editor100@hanmail.net

ⓒ 싸이코 짱가, 2004
값 8,500원
ISBN 89-90805-24-4 03810

*
재미있고
유쾌한
심리 이야기

너, 싸이코지?

싸이코 짱가 글·그림

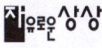

*

*

□ 프롤로그

이 책은 아주 작은 우연에서 시작되었다.

우연히 후배를 통해서 성격장애에 관한 삽화를 의뢰받았고, 그걸 그리면서 내 나름대로 성격장애에 대한 이야기를 써서 삽화와 함께 블로그에 올렸다. 그리고 그것을 우연히 접하게 된 B&Co 김 실장님이 결국 그 글을 책으로 발전시키게 유도했다. 그냥 블로그의 글에 살만 붙이면 될 거라는 처음 생각과는 달리 일은 커졌다. 글도 거의 새로 써넣었고, 그림은 아예 새로 그렸다. 못할 줄 알았다. 하지만 결국 책이 되기는 되는 모양이다.

이 책은 DSM(Diagnostic and Statistical Manual of Mental Disorders : 정신질환 진단 편람)의 기준을 참고하긴 했지만, 그만큼의 무게는 없다. 왜냐하면 이 책에 들어간 이야기들은 내 주변 사람들의 이야기도 아니고, 교과서의 이야기도 아니고, 거의 전부 내 이야기이기 때문이다. 즉,

*
*

이 책은 내 속에 숨겨진 괴상한 내 모습들에 대한 자폐적 관찰기이다. 단지 그런 모습이 나뿐만 아니라 독자들에게서도 조금씩은 발견될 거라는 믿음이 뻔뻔스럽게도 이런 책을 낼 수 있게 했을 뿐이다. 그 이상도, 그 이하도 아닌 딱 그 정도로만 받아들여지길 바란다.

문제의 삽화 일을 연결해 준 숙경에게 감사하고, 이 겨울잠 자려는 곰처럼 게으른 인간을 대단한 인내심으로 지켜보며 일이 완성되게 만들어 주신 김 실장님께 감사드린다. 그리고 이 일의 시작을 가능하게 한 yadda님께 감사드린다. 함께 지지고 볶으며 내 속의 기이한 나를 발견하는 계기들을 만들어 준 도환과 진영, 영주, 지연에게 감사한다. 그리고 늘 나의 정확한 거울로 존재하는 이양원에게 감사한다. 우연은 나에게서가 아니라 이들에게서 시작되었고, 결국 결실을 맺게 된 것도 이들 덕분이다.

□ 차례

The greatest discovery of
my generation is that a human being can alter
his life by altering his attitudes of mind.

William James(1842~1910)

우리 세대의 가장 위대한 발견은
인간은 자기 마음에 대한 태도를 바꾸기만 하면
자기 인생을 바꿀 수 있다는 사실이다.

윌리엄 제임스(1842~1910)

각 성격의
특성은
우리 모두에게
잠재되어 있다

우리는 매일매일 많은 사람을 만난다.

인간은 사회적인 존재라고 한다. 그런 의미에서 인간적이란 사회적이라는 뜻이고, 그렇다면 인간의 삶이란 결국 다른 사람을 만나면서 사는 삶을 의미한다.

그래서 우리는 매일매일 많은 사람을 만난다. 그중 어떤 사람과는 자주 만나게 되고, 어떤 사람은 다시는 만나지 않게 된다. 어떤 사람은 스쳐 지나갈 것처럼 여겼지만 어느 순간 정신을 차리고 보면 마음속 깊이 자리잡기도 하고, 어떤 사람은 아주 깊은 관계를 유지할 것 같았는데 어느새 주변에서 사라지기도 한다.

자주 만나는 사람들 중에서도 어떤 사람과는 사랑을 하고 어떤 사람과는 원수처럼 지내게 된다. 사랑하게 된 사람과 계속 만나게 되기도 하고 헤어지게 되기도 한다. 그런가 하면 원수가 되었다가 다시 친해지기도 한다.

이렇게 많은 사람을 만나면서 우리의 마음속에는 사람에 대한 의문이 고개를 들기 마련이다.

왜 나는 자꾸 이 사람을 생각할까?

왜 나는 자꾸 이 사람이 미워질까?

왜 저 사람은 나한테 이런 행동을 할까?

왜 우리는 서로 사랑하는데도 매일 싸울까?

왜 저렇게 부족한 게 없어 보이는 사람이 남에게 상처를 입힐까?

저 사람은 자기가 그러고 있다는 걸 알고 있을까?

왜 같은 말을 해도 서로 다른 이야기를 하는 것처럼 될까?

왜 어떤 사람과는 5분을 이야기해도 평생을 만난 것 같은데, 어떤 사람은 평생을 만나도 간격이 좁혀지지 않는 것처럼 느껴질까?

이런 의문의 답은 우리의 마음속에 숨겨져 있다. 우리의 마음은 조금씩 다르다. 마치 우리의 코나 눈, 귀가 조금씩 다르듯이 말이다. 그 조금씩 다른 코나 귀가 서로 다른 인상을 만들어내듯 우리의 마음에도 얼굴이 있다. 그리고 마음의 얼굴은 사람마다 조금씩 다르다. 즉, 마음에도 개성이 있다. 그것을 가리켜 우리는 보통 '성격(性格)'이라고 부른다.

성격은 마음의 얼굴 생김이다. 그리고 마음의 원리이기도 하다. 코나 눈, 귀가 얼굴에 달려 있고 각각 필요한 역할을 하고 있듯이 성격의 얼굴 생김에도 제각기 역할이 있다. 성격의 이목구비는 희로애락으로 불리는 정서나 지능, 기질로 불리는 특질이다. 그리고 그 특질들은 각각의 기능을 한다.

우리가 화를 낼 수 있는 것은 살면서 어느 순간에는 반드시 화를 내야 하기 때문이다. 우리가 웃을 수 있는 것도 같은 이유이다. 마치 코가 있어야 빗물이나 땀이 들어갈 염려 없이 마음껏 숨을 쉴 수 있는 것과 같은 이치다.

언뜻 생각하기에는 성격이 우리의 행동을 결정하는 것 같지만, 그와는 달리 우리의 행동이 성격을 결정하기도 한다. 운동을 하면 몸의 형태가 바뀌듯이 마음의 얼굴도 살아가는 모습에 따라 달라진다. 화를 자주 내면서 살다 보면 마음의 얼굴인 성격에도 화가 드러나게 된다. 반면 웃으며 사는 사람은 웃음이 담긴 마음의 얼굴을 얻게 되고, 그 영향은 실제 우리의 얼굴에도 드러난다. 그래서 '나이 40이 넘으면 자기 얼굴에 책임을 져야 한다'는 것이다.

여기에서 다룰 성격의 특성들은 사실 우리 모두에게 조금씩 잠재해 있는 것들이다. 즉, 이 요인들은 우리 모두에게 있고, 이런 모습을 조금씩 가지고 있는 것이 정상이다. 다만 모두가 가지고 있는 요인이 지나치게 많거나 적을 경우 문제가 되기도 한다.

이렇게 어떤 특성이 지나치게 많거나 적은 경우를 임상심리학(Clinical Psychology)에서는 성격장애 또는 인격장애(Personality Disorder, 줄여서 PD라고 부르기도 함)라고 부른다. 성격 자체가 병의 수준에 다다른 상태라고 할 수 있다.

의과대학에서 학생들에게 A라는 질병의 특성을 가르치면, 그 다음 날부터 A질병에 걸렸다고 양호실을 찾는 학생의 숫자가 늘어난다고 한다. 이런 것을 가리켜 의대에서는 속칭 '의대생 질병'이라고 부른단다. 물론 거의 다 착각이다.

그런데 똑똑하기로 유명한 의대생들이 왜 병에 걸렸다고 착각하게 될까? 위험한 병을 나타내는 증상 중에는 건강한 사람도 가끔씩 일시적으로 경험하는 증상들이 많이 섞여 있기 때문이다.

이를테면 '현기증이 난다' 같은 증상을 생각해 보자. 현기증을 경험해

보지 않은 사람이 어디 있는가? 하지만 이 증상은 뇌출혈의 전조 증상일 수도 있다. '속이 울렁거린다'는 증상도 그렇다. 강철 위장 아니면 누구든 속이 울렁거려 본 경험이 한두 번은 있을 것이다. 그러나 이 또한 여러 질병의 증상이기도 하다.

대체로 병의 증상은 건강한 사람이 경험하는 일상과 한 끗발 차이다. 그게 얼마나 자주, 얼마나 심각한가에 따라 일상일 수도, 병일 수도 있는 것이다.

성격장애도 마찬가지다. 사실 나 역시 성격장애에 대한 글을 읽다 보면 꼭 내 이야기를 하는 것만 같다. 그런데 이 성격장애에서 묘사되는 특성은 우리 모두에게 조금씩 잠재되어 있는 것일뿐더러 건강하게 살기 위해 필요한 특성이기도 하다. 성격장애자란 그런 특성들이 너무 크고 강하게 나타나는 사람들을 가리키는 말이다.

과유불급(過猶不及 : 지나침이 모자람만 못하다)의 원칙은 성격 문제에도 적용된다. 그러므로 이 책을 읽으면서 마치 자기 이야기를 하는 것 같더라도 너무 걱정할 필요는 없다. 이 책에서 다루는 모습들은 우리 모두에게 잠재되어 있는 특성으로서 제각기 의미가 있으니 말이다.

이제 그 각각의 모습이 어떤 의미를 담고 있는지 살펴보자.

1장

의심은
언제나
필요하다

연인들이 깨어지는 이유에는 여러 가지가 있지만, 그중 의심도 꽤 큰 비율을 차지한다. 의심은 마치 늪 같아서 한번 발을 들이밀면 빠져나오기가 힘들다. 즉, 상대방을 한번 의심하기 시작하면 끝이 없다. 왜냐하면 우리가 의심하는 것들은 대부분 그 의심이 틀렸다는 것을 증명하기가 쉽지 않은 경우이기 때문이다.

사실 연애관계에서 나타나는 의심은 대부분 도둑이 제 발 저린 경우라고 할 수 있다. 즉, 이전에 남을 속여 본 적이 많은 사람일수록 남을 의심한다. 양다리를 걸쳐 본 경험이 많은 사람일수록 상대방도 양다리를 걸칠 것이라고 의심한다. 바람을 피워 봤거나, 바람 피우고 싶은 욕구가 많은 사람일수록 상대방의 정절을 의심한다.

이것은 우리가 상대방의 마음을 읽을 때 자기를 참고로 하기 때문에 나타나는 현상이다. 다시 말해 상대방이 무슨 행동을 할지 예측하기 위해서 "내가 지금 저 사람이라면 어떻게 할 것인가?" 하고 질문을 하는 것이다. 이런 과정을 자기참조적 조망수용(Self-Refernce Perspective Taking)이라 부른다. 조망수용이란 상대의 관점이나 생각을 이해하는 것을 말한다. 이렇게 자기를 참고로 상대방의 입장을 파악하는 것은

우리가 쓸 수 있는 최선의 방법이지만, 그 수준에는 여러 단계가 있다. 초기 단계에서는 상대방과 나의 차이를 전혀 인식하지 못한다. 그래서 아이들은 부모에게 줄 선물로 자기가 가지고 싶은 장난감이나 옷을 고른다. 자기가 그것을 좋아하니까 부모도 좋아할 것이라 믿는 것이다. 그런데 어른이 된다고 이런 수준에서 쉽게 벗어나는 것은 아니다. 부모가 되어도 자식의 입장보다는 자신의 입장을 자식에게 강요하게 되고, 선생이 되면 학생의 마음을 이해하지 못하게 되며, 상사가 되면 부하 직원이었을 때를 잊게 되는 것이 그렇다. 마찬가지로 바람둥이들은 남들도 자기처럼 바람둥이일 것으로 착각하기 때문에 상대방을 의심하는 것이다.

자기와 상대방의 차이를 많이 깨달을수록 조망수용의 수준은 높아진다. 하지만 차이점을 부각시키다 보면 "너는 너대로 살아라, 나는 나대로 살게."와 같은 자폐적 의식에 빠져 버릴 수도 있다. 우리가 아무리 다르다고 해도 우리는 결국 같은 인간 종족이다. 비슷한 심리 상태를 보이고 비슷한 것을 원하는 사람들인 것이다.

상대방을 잘 이해할수록 나에 대해서 더 잘 알게 된다. 즉, 상대방과 자

＊
＊

신은 결국 같은 사람이라는 사실을 잊지 않아야 조망수용을 통해 상대방과 자신에 대해 새로운 깨달음을 얻을 수 있다.

의심은 약일까, 독일까?

그런데 의심은 반드시 나쁜 것일까? 의심이 부덕과 미숙함의 결과는 아닐까? 반대로 누군가를 확실히 믿는다는 게 그렇게 자랑스러운 일일까?

자식이 언제나 자기와 같은 생각을 할 것이라 믿는 부모가 있다. 이렇게 자식을 의심하지 못하는 부모는 나중에 자식이 자신을 배신했다고 화를 낸다. 사실 자녀는 언제나 부모와는 다른 세계를 꿈꾸기 마련이며, 그 가능성을 생각지 못한 것은 부모의 잘못인데 부모는 자꾸 자식에게 화를 낸다.

임진왜란 때 조선을 구한 영웅 이순신 장군도 부하들을 믿지 않았다. 그는 자기 부하들을 왜군과 마주치지 않게 했다. 자신이 키운 수군이었지만, 그들이 왜군과 직접 얼굴을 맞대고 싸우게 되면 겁을 집어먹고 제 능력을 발휘할 수 없을 것임을 알았기 때문이다.

＊
＊

그래서 그는 왜군의 전투선들이 다가오기 전에 먼저 원거리에서 포격을 가해 격침시키는 전술을 사용했다. 이순신이 이끄는 조선 수군은 대포와 활만 쏘아댔지 칼이나 창을 들고 왜군과 육박전을 벌인 적은 거의 없었다. 이순신 장군이 만약 부하들을 믿는다고 왜군과 육박전을 벌였다면 오늘날의 영웅으로 남지는 못했을 것이다.

에릭 에릭슨(Erik Erikson)이라는 심리학자에 따르면, 의심은 우리가 삶을 시작하면서 가장 처음 경험하는 문제이다. 우리는 태어난 직후부터 이 세상을 어디까지 믿고, 어디에서부터 의심해야 할지 고민한다는 것이다.

아기는 배가 고프거나 기저귀가 축축해지면 운다. 그러면 엄마나 다른 양육자가 와서 아이를 돌본다. 이런 과정이 반복되면서 아기는 지금 자기가 속해 있는 세계에서 통하는 규칙이 무엇인가를 깨닫는다. 이렇게 깨달은 규칙이 바로 믿음이다. 그리고 그 규칙이 어디에서부터 통하지 않는다는 것을 깨달으면서 아기는 불신감을 경험한다.

즉, 우리는 자기가 아는 규칙이 통하는 세계에서는 의심하지 않고, 규칙이 통하지 않는 세계에서는 의심을 한다. 따라서 상대방을 의심한

다는 것은 곧 상대방을 내가 완전히 알지 못한다는 사실을 깨닫는 것이다.

우리는 늘 의심해야 한다. 특히 자신과 가까운 사람에 대해서는 더더욱 의심할 필요가 있다. 내가 그 사람을 확실히 알고 있다고 여길 때 그 사람에 대한 흥미나 관심은 줄어들기 시작한다.

누구를 철석같이 믿는다는 것은 사실 너무 무책임하고 무관심한 행동인지도 모른다.

그러나 의심이 지나치면 독이 된다
— 편집성 성격장애

이 증상을 한마디로 요약하면 남을 무척 의심한다는 것이다. 그것도 남들이 다 나를 공격하고 해를 끼치고 배신하려고 한다는 의심을 말이다. 이런 면에서 이것은 의심이라기보다는 확신이라고 해야 한다. 즉, 믿음의 부족이 아니라 잘못된 믿음이 편집성 성격장애의 특성이다.

의처증, 의부증도 편집성 성격장애라고 할 수 있다. 〈귀여운 여인〉의 줄리아 로버츠가 지금처럼 유명해지기 전에 출연한 영화로 〈적과의 동침〉이라는 영화가 있다. 이 영화에서 줄리아 로버츠의 남편이 편집성 성격장애자로 등장한다. 그는 이웃의 젊고 잘생긴 의사가 인사치레로 줄리아 로버츠를 칭찬해도, 자기 아내가 그 남자에게 꼬리를 쳤다고 의심한다. 물론 아내가 직장을 가지는 건 이런저런 핑계로 막고 말이다.

편집성 성격장애자는 자기한테 나쁜 일이 생기면 모두 누군가의 음모 때문이라고 생각한다. 그래서 주변에 이런 사람이 있으면 위험하니 가까이하지 않는 것이 좋다. 예를 들면 드라마 〈태조 왕건〉에서 묘사된 궁예의 성격도 바로 이 편집성 성격장애라고 할 수 있다. 그는 독심술을 할 수 있다고 주장하며 자기를 비난하는 자들을 모두 마군(魔軍)이라고 때려죽였던 것이다.

그런데 편집성 성격을 가진 사람이라도 머리가 좋고 능력이 있는 사람은 이런 위험한 특성을 잘 드러내지 않는다. 하지만 이런 사람들에게는 뭔가 남들과는 구별되는 특성이 있다.

이런 사람들은 남들이 늘 자신의 약점을 찾아내려 한다고 생각하기 때문에 외모를 아주 깔끔하게 가꾸고, 행동도 빈틈없이 하려고 한다. 〈적

과의 동침〉에 등장하는 남편도 집 안의 가구나 그릇, 수건이 질서정연
하게 정리되어 있지 않으면 아내에게 불같이 화를 낸다. 단순히 깔끔
하기 때문이 아니라 어느 누구에게도 빈틈을 보이기 싫은 것이다.

그러나 편집성 성격장애자 중에는 남들에게 빈틈을 보이지 않을 만큼
완벽하게 일을 처리할 자신이 없는 사람도 있다. 그런 사람들은 정반
대로 남들에게 트집을 잡히느니 차라리 안 하고 만다는 생각으로 오히
려 아무것도 하지 못하는 사람이 되기도 한다.

깔끔하고 완벽한 사람이든, 아무것도 못하는 사람이든 간에 이런 사람
들의 마음속에는 언제나 상대에 대한 불신과 불안이 깔려 있다. 그래
서 이런 사람들을 괜히 잘못 건드렸다가는 생각지도 못한 불벼락을 뒤
집어쓸 가능성이 있다.

이를테면 이런 사람들에게는 누가 농담을 해도 농담으로 받아들일 여
유가 없기 때문에 언제나 썰렁한 반응을 보인다. 썰렁한 반응은 그래
도 낫다. 어떤 경우에는 농담을 했다가 대판 싸움이 나기도 한다.

어디 그뿐인가. 그런 싸움을 한 이후로는 당신과 원수관계가 되어 버
린다. 그는 당신의 농담을 모욕으로 해석했을 것이고, 당신이 자기에

게 아주 심한 적대감을 가졌던 것으로 기억할 것이다.

당신이 편집성 성격장애인지 궁금하다면 다음에 나오는 편집성 성격장애의 진단기준을 참고하기 바란다. 물론 이것은 참고가 될 뿐이고, 최종 진단은 의사가 해야 한다. 왜냐하면 당신 자신의 모습이나 당신 주변 사람의 모습은 당신과 너무 관계가 깊어서 오히려 정확하게 판단할 수 없기 때문이다. 정 의심이 간다면 가까운 심리상담소를 한번 찾아가 보기를…….

다음 질문에 답해 보자

1 다른 사람들이 나를 관찰하고 해를 끼치고 기만하는 일이 종종 있다. 그런데 남들은 이런 이야기를 잘 믿어 주지 않는다.

2 친구들이나 동료들도 결국에는 믿을 수 없는 사람들이라는 것을 가끔 깨닫게 된다.

3 나는 다른 사람에게 내 비밀을 털어놓지 않는다. 그게 돌고 돌아 언젠가 나에게 상처를 입힐 것이라는 걸 알기 때문이다.

4 사람들은 가끔 내 신경을 건드리는 말을 아무렇지도 않게 내뱉곤 한다. 그래서 화를 내면 별것도 아닌 걸 가지고 화를 낸다고 오히려 나를 이상한 사람으로 취급할 때가 있다.

5 나는 한번 받은 모욕이나 상처는 결코 잊지 않는다.

6 사람들이 왜 자꾸 내 성격이나 내 평판을 공격하고 흠집을 내려는지 모르겠다. 나는 그런 공격을 당할 때마다 즉각 강력하게 반격한다.

7 내 애인 또는 내 배우자도 결국 사람이고, 사람은 믿을 수 없는 존재라는 사실은 슬프게도 사실이다.

※ 각 장에 사용된 검사척도는 DSM · IV의 성격장애 진단기준을 기초로 변형한 것입니다. 따라서 실제 진단과는 다를 수 있습니다.

■ 해설 ■

이 질문에 예라고 대답한 항목이 1~2개 정도라면, 당신은 약간 의심
이 많은 사람이다. 의심이 많은 것이 도움이 될 때도 많다. 실제로 사람
들은 원래 완전히 믿을 만한 존재는 아니기 때문이다. 상황이나 조건
에 따라서 사람들의 생각이나 행동은 바뀌기 쉽다. 그러므로 당신은
그런 사람들의 속성을 잘 이해하고 지나친 신뢰를 보냈다가 상처를 입
는 일은 없을 것이다.

하지만 믿음은 믿음을 불러온다는 것을 잊지 말라. 당신이 누군가에게
서 신뢰를 받고 싶다면, 당신도 그를 믿고 있음을 보여줘야 한다. 가는

것이 있어야 오는 것도 있다. 당신이 먼저 베풀려고 노력하라. 설사 돌아오는 것이 없더라도 결코 손해는 아니다.

예라고 응답한 항목이 3개쯤 된다면, 당신은 주변 사람들에게 가까이하기에는 좀 위험한 존재로 간주되고 있을 가능성이 크다. 당신에게는 우선 상대방의 선의를 믿는 마음이 필요하다. 이 세상에 당신을 해치려는 사람은 그렇게 많지 않다. 자기 살기도 바쁜데 뭐 하러 그런 짓을 하겠는가?

그러므로 우선 남을 믿어라. 당신의 믿음에 상대도 믿음으로 답할 것이다. 만약 상대가 단순히 자신의 생각을 드러내는 것이 아니라 순전히 당신을 공격하기 위해서 사실을 왜곡하고 당신을 속인다는 증거가 구체적이고 명확하다면, 먼저 행동으로 옮기기 전에 당신을 잘 아는

친한 친구에게 그 증거를 제시하고 친구의 판단을 구해 보라. 친구 역시 그 증거를 인정하고 당신과 같은 해석을 내린다면, 당신도 그 상대에게 같은 식으로 대해도 된다. 하지만 이 절차를 거치지 않고 상대를 공격한다면 당신만 이상한 사람이 될 가능성이 크다.

4개 이상 예라고 응답했다면, 당신은 상당히 위험한 상태이다. 당신은 자신을 도와주려던 사람들에게 상처를 입혔을 것이다. 그 결과 이미 많은 사람들과의 관계를 돌이킬 수 없을 만큼 망가뜨렸을지도 모른다. 그러니 더 이상 삶이 험악해지기 전에 병원이나 심리상담소를 찾아가 보기를 바란다.

:: 에릭슨(Erik Erikson)의 발달단계 이론 ::

한 아이가 있었다. 유태인 부모에게서 태어난 그 아이는 유태인 동네
에서 자라났다. 하지만 갈색 곱슬머리에 피부색이 짙고 눈동자가 검은
유태인 아이들과는 달리, 그는 키가 컸고 하얀 피부에 금발이었으며
푸른 눈동자의 아이였다. 이렇게만 보면 영락없이 코카서스계 백인이
었겠지만, 그의 얼굴 윤곽은 유태인이었다. 그래서 그는 어디에서나
놀림을 받았다. 유태인 아이들 속에서는 눈에 띄는 금발머리와 눈동자
때문에, 백인 아이들 속에서는 유태인의 전형적인 매부리코 때문에.
그의 아버지는 덴마크인이었다고 한다. 그러나 그가 태어나기 전에 (죽
었거나) 떠났다. 그래서 그는 유태인 어머니와 유태인 새아버지와 함께
살았다. 그는 성인이 될 때까지 친아버지가 누구인지 모르고 지냈다.
고등학교를 졸업한 후 그는 무전여행을 하면서 유럽을 떠돌아다녔다.
그는 스스로 이 시기를 모라토리엄(Moratorium)이라고 불렀다. 그는
원래 예술을 하려고 했다. 그러다가 함께 예술 공부를 하던 페터 블로
스(Peter Blos : 나중에 유럽에서 유명한 정신의학자가 됨)라는 친구의 소개

로 몬테소리 아동교육 과정을 수료하고, 프로이트의 딸인 안나 프로이트에게서 정신분석학을 배우게 된다.

제2차 세계대전이 시작되기 전 나치즘과 반유태주의를 피해 미국 샌프란시스코로 건너간 그는 미국에서 아이들을 연구하는 아동심리연구소를 설립한다. 그에겐 대학 졸업장이 없었지만, 안나 프로이트의 제자라는 것만으로도 연구소의 권위를 인정받기에 충분했다.

그는 평범한 미국 가정의 아이들뿐만 아니라 인디언 거주 지역에 사는 아이들의 문화와 발달 과정을 연구했다. 각각의 문화마다 아이들이 크는 방식은 서로 달랐지만, 그 다른 모습들 속에서 공통적으로 나타나는 어떤 뼈대가 그의 눈에는 보였다. 그래서 그는 프로이트의 정신역동보다는 좀더 사회와 문화적인 측면에 초점을 맞춘 발달이론을 정립하게 된다.

그는 아돌프 히틀러, 마하트마 간디, 막심 고리키 등의 심리를 분석한 책을 썼고, 그중 『간디의 진실』이라는 책으로 퓰리처상을 받았다. 그의 저서 가운데 『간디의 진실』과 『아동기와 사회』는 국내에도 번역되어 있다.

그의 이론이 제시한 가장 중요한 개념은 아마도 정체성(Identity)일 것이다. 정체성이란 '내가 누구냐?'라는 질문에 대한 답이라고 할 수 있다. 나는 도대체 누구인가?

이것은 그가 유태인 집단과 백인 집단 어디에도 완전히 속하지 못하고 방황하면서 스스로에게 끊임없이 던진 질문이기도 했다. 그의 원래 이름은 에릭 홈버거(Erik Homburger)였지만, 미국 시민권을 신청하면서 그는 스스로 자기의 성(Family Name)을 만든다. 그의 이름 Erik Erikson은 풀이하면 'Erik의 아들 Erik'이라는 뜻이다. 그는 스스로 정체성을 찾은 사람이고, 그 정체성을 현대 심리학자들의 화두로 만든 사람이다.

에릭 에릭슨(Erik Erikson)에 따르면, 인간은 다음과 같은 발달단계를 거친다.

(1) 신뢰 대 불신 단계

세상에 처음 던져진 인간은 세상을 믿어도 되는지, 어디까지 믿고 어디까지 조심해야 하는지를 확인한다. 여기서 인간은 신뢰와 불신 중 어느 한쪽만 배우는 것이 아니라 신뢰와 불신을 함께 배운다. 왜냐하면 불신은 신뢰의 반면이기 때문이다. 불신이 있어야 신뢰라는 것이 명확해진다.

(2) 자율성 대 수치심 단계

그 다음에는 세상에서 일단 내 몸을 스스로 통제하는 법을 배운다. 이 시기에 가장 중요한 과제는 배변 훈련이다. 기저귀를 뗄 수 있을 때 배변 훈련은 완성된다. 이때 다른 아이들에 비해서 늦게까지 배변 훈련을 마치지 못하면 인간은 수치심을 깨닫는다. 수치스럽지 않기 위해서라도 그는 스스로를 통제해야 한다.

(3) 주도성 대 죄책감 단계

어느 정도 자기 몸을 통제할 수 있게 되면, 마음대로 움직일 수 있는 몸을 가지고 세상을 어디까지 들쑤실 수 있는지를 탐색한다. 너무 지나치게 들쑤시다가 크게 야단을 맞으면서 죄의식을 형성하게 된다. 사회에서 개인에게 허용한, 자기 마음대로 해도 되는 영역을 벗어나지 않는 법을 배우는 것이다.

(4) 근면성 대 열등감

이제 학교에 가서 또래들을 만난 인간은 자신을 남과 비교하게 된다. 내가 남보다 나은 존재인지, 남보다 못한 존재인지가 가장 중요한 화두가 되는 것이다. 남보다 나아지기 위해서 또는 남보다 못하다는 열등감을 피하기 위해서 아이들은 근면성을 발달시킨다.

(5) 정체감 확립 대 역할 혼미

그러고 나면 정체감 확립의 시기가 온다. 에릭슨은 이 시기에 내가 누구인지 의문을 가지고 그 의문에 대해서 나름대로 대답하지 않고서는 다음 단계로 제대로 넘어갈 수 없다고 말한다. 급작스럽게 변하는 자기 몸의 모습이나 자신에 대한 사회적 대우 같은 것이 정체감에 대해 고민하도록 압박한다.

(6) 친밀감 대 고립감

다음은 사회적 관계를 만들어가는 단계이다. 사람들을 잘 사귀고 튼실한 관계를 유지할 것인가, 아니면 사회적으로 소외되어 고립적인 존재가 될 것인가가 이 단계의 갈림길이다. 여기에서 에릭슨은 프로이트와 분명한 차이를 드러낸다.

프로이트는 정체감 따위는 없어도 도덕심과 기술만 있으면 사회관계를 형성하고, 애인을 사귀고, 결혼해서 자식을 낳을 수 있는 어른이 된다고 했다. 하지만 에릭슨은 내가 누구인지를 확인하지 못한 상태에서 만든 친구관계나 사회관계는 모래성과 같다고 말한다. 일단 모든 사람은 개인적인 정체감을 만들어내야 하고, 그 정체감을 근거로 사회관계를 확장해 나가야 한다는 것이다.

프로이트의 입장에서라면 불알친구야말로 변치 않는 가장 근원적 친구일 것이다. 하지만 에릭슨의 입장에서 보면 불알친구는 정체성이 정립되기 이전의 사회관계이므로, 정체성의 정립을 거치면서 얼마든지 떨어져 나가거나 변형될 수 있다.

(7) 생산감 대 침체감

인생의 반환점, 즉 지금까지 살아온 날보다 앞으로 살 날이 더 적어지고 인생의 끝이 보이기 시작하는 시점이 되면 인간은 삶의 의미를 사회에서 찾기 시작한다. 사회 속에서 자신의 존재 의미를 찾기 시작하는 것이다.

사회에 자기가 무엇인가 기여하고 있거나 자신이 하는 일이 의미 있다고 믿을 때 인간은 생산감을 경험한다. 생물학적인 자손뿐만 아니라 사회적인 자손을 만들어내려는 욕구다. 만약 자기가 지금까지 한 일들이 모두 헛발질이었다는 걸 깨닫는다면 인간은 침체감에 빠진다. 그리고 생산감을 느낄 수 있는 방법을 찾기 시작한다.

(8) 자아통합 대 절망감

이제 인생의 종착점이다. 지금까지 자신의 인생을 돌이켜보았을 때 뭔가 가치 있는 것들이 남았음을 확인하고, 인생의 여러 갈림길에서 자신이 선택한 길이 그럭저럭 괜찮았다는 것을 스스로에게 증명할 수 있다면, 인간은 자기의 인생에 최선을 다했고 자신의 삶이 바로 자기 자신이라는 통합감을 느낀다.

하지만 인생이 실수와 실패의 연속이었으며, 결국 남은 것은 아무것도 없다면 그는 최악의 절망감에 빠진다. 이제는 아무리 노력해도 돌이킬 수 없기 때문이다.

2장

일희일비
(一喜一悲)하면
삶이
피곤해진다

영화 〈터미네이터 2〉에서 사라 코너(존 코너의 엄마)가 이런 대사를 읊는다.

> "생각해 보면 미래의 아들이 왜 이 터미네이터를 보호자로 보냈는지 알 것 같다. 이 감정이라곤 없는 쇳덩어리 친구는 슬퍼하지도 않을 거고, 화도 내지 않고, 좌절하지도 않고, 술도 안 마시고 아이를 때리지도 않을 거다. 얼마나 이상적인 아버지인가?"

그럴듯하지 않은가? 사실 아이가 떼를 쓰며 울 때 평온한 감정을 유지할 수 있는 부모는 별로 많지 않다. 하지만 그럴 때 평온을 잃어버리면 아이를 감당하지 못하고 아이에게 말려들게 된다. 아이를 달래거나 야단치지 못하고 아이와 싸우는 가장 멍청한 짓을 하게 되는 것이다.
비슷한 이야기를 연애관계에 대해서도 할 수 있다. 한두 달 사귀고 말게 아니라면, 오래하는 연애가 언제나 즐거울 수는 없다. 지내다 보면 당연히 서로에게 실망하거나 오해를 하게 된다.
이럴 경우 그때마다 실망했다고 슬퍼하거나 오해했다고 화를 내는 사

람이 편할까, 그냥 무덤덤하게 '그런가 보다' 하고 상대의 오해나 실
망을 받아 주는 사람이 더 편할까? 대개는 후자의 경우가 더 오래 진득
한 관계를 유지한다. 쉽게 끓는 냄비는 금방 식지만, 천천히 달궈지는
돌솥은 그만큼 천천히 식기 마련인 것이다.

발달심리학자인 토머스(Thomas)와 체스(Chess)는 아이들은 태어날 때
부터 크게 세 가지 유형 중 하나로 구분된다고 말한다.

첫 번째 유형은 사회성이 높고, 평소에 전반적으로 기분이 좋으며, 놀
라거나 울다가도 쉽게 울음을 그칠 수 있는 유형이다. 이런 아이는 부
모가 키우기에도 정말 좋다는 점에서 순한 아이(Easy Child)라고 부른다.

두 번째 유형은 사회성도 낮고, 평소에 전반적으로 기분이 좋지 않으며, 쉽게 놀라거나 짜증을 낼 뿐만 아니라 한번 짜증을 내고 울기 시작하면 달래기도 힘들다. 이런 아이야말로 부모를 미치게 한다. 그래서 이런 아이를 키우기 어렵다는 뜻으로 까다로운 아이(Difficult Child)라고 부른다.

마지막으로 더딘 아이(Slow to Warm Up Child)가 있다. 이 유형의 아이들은 사회성도 높지 않고, 기분은 그냥 보통이지만, 까다로운 아이에 비해서 장점이 하나 있다. 그것은 이 아이들은 천천히 놀라고 천천히 짜증을 낸다는 점이다. 그래서 키우기 어렵다기보다는 뭐든 좀 느리다는 점에서 더딘 아이라 부른다.

쉽게 화내는 아이보다는 늦게 화내는 아이가 낫다. 이것은 어른도 마찬가지다. 일희일비하는 사람보다는 목석 같은 사람이 더 낫다.

그러나 지나치게 무덤덤한 것도 병이다
— 분열성 성격장애

'목석(木石)'으로 불리는 사람들이 있다.

그들은 무슨 일이 있어도 냉정하고 조용하다. 아무리 기쁜 일이 있어도, 아무리 슬픈 일이 있어도 대단히 기뻐하거나 슬퍼하지 않는다. 내숭을 떨며 속마음을 드러내지 않는 게 아니다. 마음속 깊은 곳에서부터 전혀 그런 감정이 울려오지 않는 것이다. 쉽게 말하면 감정이 탈색되어 버린 모습이라고 할 수 있다.

이런 성격에는 장점도, 단점도 있다. 감정적인 반응을 잘 보이지 못하고 어떤 반응을 해야 할지 모르기 때문에 주변 사람들의 입장에서는 대화하기도 어렵고 답답해할 수가 있다. 바보 취급을 당할 수도 있다.

사실 지능이란 단순히 머리가 좋고 나쁘고의 문제가 아니다. 상대의 기분을 이해하고 감성과 이성을 종합적으로 판단하는 능력인 것이다. 그런 면에서 목석이라 불리는 사람들은 지능이 낮다고 할 수도 있다. 반면 좋아하는 것도, 싫어하는 것도 별로 없다는 것은 장점이 될 수도 있다. 대개 성격이 까다롭다는 평가를 받는 사람들은 자기가 좋아하고 싫어하는 것에 대해서 매우 엄격하고 예민한 사람들이다. 자기가 싫어하는 것에 대해서는 참지 못하는 데다 싫어하는 것들이 매우 다양하고 많기 때문에 이런 사람들과 지내기는 쉽지 않다. 어디를 가거나 무엇을 먹거나 할 때마다 이 '까다로움쟁이'들의 심사를 거쳐야 하기 때문이다. 그러다 보면 매일 매 순간이 시험처럼 느껴진다.

이런 까다로움쟁이들에 비해 무덤덤한 사람들은 아주 좋아하거나 아주 싫어하는 것이 없기 때문에 무엇을 주어도, 어디를 데려가도 특별히 거부반응을 보이지 않는다. 즉, 이들은 무감각하기 때문에 아주 무던하다. 어느 곳에서, 어떤 사람하고도 즐겁게 잘 지내지는 못하지만, 그렇다고 아주 힘들게 지내지도 않는 것이다.

동화 『오즈의 마법사』에 등장하는 심장이 없는 로봇이나, 영화 〈레옹〉

에서 나탈리 포트만을 만나기 전 장 르노의 성격을 좀더 극단화하면 아마 이런 성격이라고 할 수 있을 것이다.

그러고 보면 『오즈의 마법사』도, 〈레옹〉도 모두 심리치료에 관한 이야기라고 할 수 있다. 이 목석 같던 분열성 성격장애자들이 어린 여자아이의 철딱서니 없고 정직한 감정의 세례를 받으면서 정상인으로 다시 태어나는 이야기니까 말이다(왜 하필 둘 다 어린 여자아이인지는 잘 모르겠다).

이런 사람들이 그나마 적응을 하면서 산다면, 그것은 주변 사람들 덕분이다. 머리가 나쁘지 않다면 남들의 말이나 행동에 반응하면서 사회생활을 할 것이기 때문이다. 하지만 조금만 주변에서 감정의 끈을 놓아 버리면 혼자만의 무미건조한 동굴 속으로 침잠해 버릴지도 모른다. 참고로, 이 유형의 사람들은 사람에게는 성욕을 느끼지 못하는 경우도 있다. 즉, 사람이 아닌 인형이나 영화 속의 주인공 또는 만화 캐릭터에게는 성욕을 느끼는 것이다. 그런가 하면 아예 어디에서도 성욕을 느끼지 못하는 경우도 있다.

이렇게 애초부터 무덤덤한 사람과 감정을 숨기고 참는 사람은 분명히 구분해야 한다. 무덤덤한 사람들은 원래 표현할 감정 자체가 약하기 때문에 평온해 보이는 것이지, 억지로 감정을 참거나 숨기려고 노력하는 것이 아니다.

하지만 감정을 참거나 노력함으로써 평온해 보이는 사람도 있는데, 이런 사람들은 언젠가 꾹 참아 두었던 감정을 엉뚱한 방식으로 폭발시켜 버린다. 그러므로 아무리 무덤덤함이 좋아 보이더라도 억지로 자기 감정을 참아서는 안된다. 그러다가 자기 속도 버리고 상대방도 놀라게 만들 수 있다.

하여튼 이 장애의 진단기준은 다음과 같다. 이것 역시 참조만 할 것! 진단은 의사가 한다. 선무당이 사람 잡을 수 있다.

다음 질문에 답해 보자

1 나는 가족을 포함해서 어떤 사람하고도 특별히 친하지 않고, 친하고 싶지도 않다.

2 가능하다면 혼자서 노는 쪽을 택한다.

3 성적(sexual)인 관심이 거의 없다.

4 즐거워야 할 필요를 느끼지 못한다.

5 가족 이외에는 친한 친구가 없다.

6 다른 사람의 칭찬이나 비난에 무덤덤하다.

7 감정이나 느낌이 아주 단순하다.

■ 해설 ■

1~3개 정도의 항목에 예라고 응답했다면, 당신은 정상보다 약간 무던한 사람이다. 당신은 그 무덤덤함을 적절히 사용해서 남들에게 안도감을 줄 수 있지만, 반대로 남들이 기대하는 반응을 보여주지 못해서 사오정 취급을 받을지도 모른다. 하지만 이것은 당신의 지능 문제가 아니라 감성의 문제이므로 머리가 나쁘다는 비난에 대해서는 가볍게 무시해도 된다.

당신은 남들과 자주 만날 필요 없이 혼자서 하는 일을 선택하는 것이 좋다. 연애를 못한다고 걱정하지 말라. 당신은 혼자 살더라도 큰 문제가 없다. 당신은 친구가 없다는 것을 제외하고는 유능한 사람이다. 감정적인 혼란도 남들에 비해서 훨씬 적게 겪으므로 정신을 집중해서 남들이 못하는 정교한 일들을 해낼 수도 있다. 그리고 세상에는 당신 같은 목석을 좋아하는 이성도 가끔은 있다. 그러므로 당신에게 맞는 짝을 만나고, 그 짝 앞에서 괜히 억지로 즐거운 척하지만 않는다면 연애에도 성공할 수 있다.

그런데 4개 이상의 항목에 예라고 응답했다면, 당신은 조금 위험하다. 당신 주변에는 이미 친구가 거의 없을 것이다. 당신이 아주 운이 좋지 않은 한, 그나마 있는 친구도 당신을 장난감 다루듯 하고 있을지 모른다. 당신은 혼자 살 팔자이므로 외로움을 걱정하지 말고 당신을 이용하거나 학대하는 친구는 과감히 쳐내야 한다.

외로움이 당신의 유일한 친구이다. 하지만 당신만큼 외로움을 자연스럽게 받아들일 수 있는 사람도 없다.

그 운명이 고통스럽다면 상담을 받아볼 것.

당신 자신을 이해하고 받아들이는 데 도움이 될 것이다.

:: 기질 유형과 아동발달 ::

우리는 태어날 때부터 서로 다르다. 1977년에 토머스(Thomas)와 체스(Chess)는 뉴욕의 한 병원에서 출생한 아동들에 대한 장기종단조사연구(New York Longitudinal Study : NYLS)를 통해 아이들은 태어날 때부터 서로 다른 기질(Temperament)을 가지고 있다는 사실을 밝혀냈다. 아이들의 기질은 크게 세 가지 유형으로 나눌 수 있었다.

첫째는 순한 아이(Easy Child)다.

이 아이들은 규칙성이 높다. 다시 말해서 자고 깨는 시간이나 젖을 먹는 시간이 규칙적이어서 부모가 미리 예측하고 준비하기가 쉽다. 반응 강도는 낮은데, 울거나 보챌 때 비교적 덜 시끄럽고 평소에도 조용한 편이다. 개방성은 높아서 이전에 먹어 보지 않은 이유식도 금방 잘 먹고, 새로운 옷도 잘 입는다. 낯선 사람을 봐도 크게 놀라지 않고 잘 접근하며, 무엇보다 고집을 적게 부린다.

적응력도 높아서 낯선 곳에 가도 금방 익숙해지고 놀기 시작한다. 그리고 기본 정서가 긍정적이라서 대체로 편안하고 잘 웃는다. 울다가도 달래고 안아 주면 쉽게 울음을 그친다. 이런 아이는 키우기도 쉽다.

둘째는 까다로운 아이(Difficult Child)다.

이 아이들은 규칙성이 낮아서 아무 때나 깨고 아무 때나 젖을 달라고 보채는 바람에 부모가 놀라고 허둥거리게 된다. 기본 정서는 부정적이라서 평소에도 쉽게 울고 화를 내거나 짜증을 부린다. 게다가 반응 강도도 높아서 한번 울기 시작하면 얼굴이 빨개지고 핏줄이 설 정도로 울어젖힌다.

개방성도 낮아서 전에 먹어 보지 않은 음식을 먹이거나 새 옷을 입히기가 무척 힘들다. 낯선 사람을 경계하고 고집이 세다. 적응력이 낮아서 새로운 곳에 가면 계속 불안해하고 잘 돌아다니려 하지 않는다. 결론적으로 이런 아이를 키우기는 정말 힘들다.

셋째는 더딘 아이(Slow to Warm Up Child)다.

이 아이들은 규칙성은 비교적 높은 편이라 자고 깨는 시간이 일정하지만, 개방성이나 적응력은 낮아서 새 음식이나 새 옷, 새로운 환경, 새로운 사람에 적응하는 데 오래 걸린다.

반응 강도는 낮아서 뒤늦게 울거나 울더라도 비교적 조용하게 우는 편이다. 이런 아이를 키우는 부모는 보통 부모보다 더 많은 인내심을 가져야 한다.

	규칙성	반응 강도	개방성	적응력	기본 정서
순한 아이	높음	보통	높음	높은 편	긍정적
까다로운 아이	낮은 편	강함	낮음	낮음	부정적
더딘 아이	높은 편	약함	낮은 편	낮음	보통

〈아동의 기질에 따른 유형 분류〉

이 기질은 생물학적으로 결정된 것이다. 다시 말해서 부모의 양육 방식이나 교육이나 경험으로 형성되는 것이 아니라 태어날 때부터 유전적으로 결정된 특성이라는 말이다.

하지만 기질은 운명이 아니다. 예를 들어 더딘 아이들은 어른이 되어서도 변화에 무덤덤하고 새로운 환경에 별로 관심이 없는 성격으로 성장할 것처럼 보이지만, 꼭 그렇지는 않다. 더딘 아이를 둔 부모는 그만큼 아이에게 더 많은 자극을 주고 새로운 활동을 습득하도록 노력할 가능성이 있기 때문에 더딘 아이라고 해서 반드시 더딘 성인이 되지는 않는다.

까다로운 아이들도 마찬가지로 까다로운 성인으로 자라지만은 않는다. 까다로운 아이들의 고집 센 특성은 집요함과 끈질김으로 연결된다. 그런데 어떤 분야에서 성공한 사람들은 언제나 이런 집요함을 가지고 있다. 따라서 부모의 속은 썩일지라도 어른이 되어서는 성공할 가능성이 누구보다 많은 유형이 바로 이 까다로운 아이들이다.

반면 순한 아이는 어디서나 가장 잘 살 것 같지만, 꼭 그렇지만은 않다. 인간의 동기는 결핍에서 나온다. 불만이 있어야 움직이기 시작하는 존재가 인간이다. 그런데 웬만하면 인생에 만족하는 이런 아이들은 특별히 인생에 불만이 없고, 그래서 뭔가를 이루거나 해보겠다는 동기도 높지 않을 수가 있다. 결국 평범한 사람으로 성장할 가능성이 크다.

중요한 것은 아이의 기질을 잘 이해하고 그 특성에 맞춰서 아이를 대하는 것이다. 하지만 부모들은 종종 자기 아이를 완벽하게 키우려고 노력한다. 아이에게 부족한 점은 훈육과 교육으로 채워 넣어서 모든 능력을 갖춘 아이로 키우려고 하는 것이다. 그래서 까다로운 아이를 순하게 만들려고 하고, 더딘 아이를 빠르게 만들려고 한다.

하지만 이런 노력으로 아이를 완벽하게 만들 수는 없고, 오히려 상처

만 준다. 우리는 자기에게 맞지 않는 행동을 하지 못한다고 남들에게

비난당할 때 진짜 상처를 입기 때문이다.

그렇다면 어떻게 해야 할까?

까다로운 아이에게 순한 아이처럼 주는 음식을 잘 받아먹고 친구를 쉽

게 사귀기를 기대하는 것은 무리다. 하지만 그 아이가 무엇인가 열심

히 하고 싶어하는 대상을 찾았을 때, 그것을 더욱 열심히 할 수 있게 지

원해 주면 아이는 자신의 가능성을 100% 발휘할 것이다.

우리는 완벽하지 않다.

그러나 그 완벽하지 못한 특성 덕분에 우리는 다양성을 얻고, 그 다양

성이 인간의 잠재력을 만들어낸다. 불완전하지만 다양한 인간 백 명이

모이면, 완벽한 인간 백 명보다 훨씬 많은 것을 해낼 수 있다.

3장

우리는
언제나
마술을 바란다

연애를 하는 사람들은 가끔 마술적 사고를 한다. 꽃잎을 하나씩 떼어 내면서 그녀가, 그가 나를 사랑하는지 아닌지를 점쳐 보는 사람도 있다. 이제부터 한 시간 동안 그녀에게서 전화가 오지 않으면 우리 사이는 끝난 거라고 정해 버리거나, 반대로 10분 이내에 그녀가 나타나면 우리 사이는 잘될 거라고 믿기도 한다.

로또복권에 당첨된 사람들도 대부분 당첨 전에 신기한 꿈을 꾸거나 특이한 경험을 했다고 말한다. 마치 그 꿈이나 경험이 로또복권 당첨을 미리 알려준 것처럼 말이다. 그래서 우리는 돼지꿈을 꾸거나 불꿈을 꾸면 복권을 사야 한다고 믿는다. 이렇게 꿈이 우리에게 예언을 해주는 일이 정말 일어날까?

과학자들에 따르면 이것은 일종의 착각이다. 평소에도 우리가 꾸는 꿈은 조금씩 이상하며, 평범한 생활을 하더라도 하루에도 한두 번은 전에 보지 못한 것을 보기 마련이다. 하지만 우리는 이런 이상한 경험을 평소에는 그냥 잊어버린다.

그러다가 로또복권 당첨 같은 대단한 일이 일어났을 때는 그 모든 것이 예사롭지 않게 느껴진다. 그래서 평소에는 잊어버렸을 꿈도 뭔가

어차피 인생은 도박이야~

이 일과 관련된 것 같고, 길 가다 본 동물이나 하늘 모양도 뭔가 당첨과 관련이 있다고 생각하게 되는 것이다.

이런 경향은 인간이 가진 귀인(Attribution) 욕구 때문에 일어난다. 귀인 욕구란 '자기 주변에서 일어난 사건의 원인을 찾으려는 욕구'를 말한다.

우리는 무슨 일이 일어나면 그 일의 원인을 추론하려고 한다. 로또복권 당첨 같은 일은 정말 아무 이유 없이 우연히 일어나지만, 이런 경우라도 원인을 찾아내지 않으면 마음이 불편하다. 원인을 모른다는 것은 그 사건이 내 통제 밖에 있다는 것이고, 그렇게 원인을 알 수 없는 사건이 많아지면 내가 사는 세상을 믿을 수 없다는 이야기가 되기 때문이다. 말하자면 내가 세상을 믿기 위해서 마술적인 귀인이 시작되는 것이다.

그래서 우리는 남들에게는 쉽게 말하지 못하는 마술적인 사고방식을

조금씩은 가지고 있다. 징크스나 미신 같은 것들도 그렇고, 그밖에 나만 경험했다고 느끼는 어떤 독특한 사건들도 있다. 이러한 경험은 나의 내면을 풍성하게 만들고, 내가 남들과 다른 고유한 존재라는 사실을 깨닫게 해줌으로써 정신 건강을 유지하게 하는 아주 중요한 마음의 영양소다.

특히 청소년기에는 누구나 마술적인 사고에 쉽게 빠져든다. 청소년들만큼 귀신이나 악마, 운수에 대해 예민한 이들이 또 있을까?

영화 〈여고괴담〉은 요즘 청소년들의 이야기지만, 우리 세대는 예전에 〈전설의 고향〉을 덜덜 떨면서 보았던 경험이 있다.

일본이나 서양도 마찬가지여서 청소년이 귀신과 싸우는 이야기는 〈유유백서〉 같은 인기 일본 만화의 소재가 된다. 또 마녀나 악마 이야기는 미국 청소년들의 인기 종목으로서 〈뱀파이어 슬레이어 버피〉, 〈크래프트〉, 〈꼬마 마녀 사브리나〉 같은 드라마들이 방영된다.

심리학자인 데이비드 엘킨드(David Elkind)는 인간은 불안할 때 마술적 사고에도 쉽게 빠질 수 있다고 설명한다. 특히 청소년들은 어른도 아니고 아이도 아닌 애매모호한 자기 존재의 특성상, 그리고 부모에게

서 벗어나 새로이 깊은 인간관계를 맺고 싶어하면서도 그렇게 하다가 실패하면 어쩌나 하는 불안감 때문에 더더욱 마술적 사고에 쉽게 빠진다고 한다.

마술적 사고는 특히 상상의 관중(Imaginary Audience)과 개인적 우화(Personal Fable)로 구분할 수 있다.

'상상의 관중'은 주변 사람들이 모두 나에게 관심을 가지고 나만 지켜보고 있다고 믿는 것을 말한다. 따라서 언제나 남들 앞에서 뭔가 보여주는 마음으로 행동하게 된다는 것이다.

'개인적 우화'란 자신을 남들과는 다른 아주 특별한 존재로 느끼는 상태를 말한다. 자기는 남들과는 달리 오토바이를 위험하게 타도 다치지 않을 것이라고 믿고, 자기가 하는 연애는 이 세상에서 유일하게 진실한 연애라고 믿고, 자기의 고민이야말로 어느 누구도 이해할 수 없는 심각한 고민이라고 믿는 등의 현상이 그것이다.

마술은 각박하고 무자비한 현실에 시달리는 우리에게 위안을 준다. 또한 마술적인 사고는 현실의 제약에서 벗어나 상상력을 발휘할 수 있게 해준다.

과학적 발견도 이 상상력과 무관치 않다. 아인슈타인이 설명하는 상대성 이론을 보자. 우리가 아주 빨리 달리면 시간이 천천히 흐를 수 있다는 그의 이야기는 또다른 마술이 아닌가?

우리는 불안할 때 마술적인 사고에 의지한다. 내가 아주 중요한 존재이고, 그래서 나는 실패할 수 없으며, 반드시 이겨낼 것이라고 믿는 것이다. 이런 믿음은 우리로 하여금 무시무시한 현실을 이겨낼 수 있게 도와준다.

그러나 마술적 사고에만 의존하면 병이 된다 — 분열형 성격장애

하지만 이 특성이 지나치게 커지면 문제가 된다. 이런 경우를 분열형 성격장애라고 한다. 결국 따지고 보면 지나치게 독특하다는 것 자체가 문제가 되는 셈이다. 자기가 남들과는 다르다고 느끼며, 자기가 남들과는 다른 방식으로 다른 존재들과 연결되어 있다고 느끼는 믿음이 너무 강한 경우이다.

정신의학자들이 〈엑스파일(X-file)〉을 본다면 당연히 주인공 멀더를

이 증상으로 진단할 것이다. 물론 진짜 외계인이나 UFO가 없다는 전제하에서 말이다.

영화 〈지구를 지켜라〉에서 신하균이 맡은 역할도 역시 분열형 성격장애에 해당한다. 아니, 그는 이 정도를 넘어서서 정신분열증이라고 볼 수도 있다. 물론 영화 속의 설정이 아닌, 일상적인 경우일 때.

나는 정말 신통력 있는 사람들이 있다는 이야기를 완전히 부정하지는 않는다. 상대방의 얼굴만으로 그 사람의 과거와 현재와 미래를 볼 수 있는 그런 존재 말이다. 이 세상에서 점을 친다는 수많은 사람들 중 정말 그런 능력을 가진 사람이 한 명쯤은 있을지도 모른다. 그리고 이런 사람들에게는 그것이 마술적 사고가 아니라 현실일 수도 있다.

하지만 당신은 그런 사람이 아니다. 당신이 그런 사람이라면 이런 책을 읽을 필요도 없을 테니까. 그러니 당신 스스로 뭔가 마술을 부리고 있다고 믿는다면, 다음에 나오는 질문에 답해 보면서 당신의 믿음을 한번 더 검토해 보기를 바란다.

다음 질문에 답해 보자

① 남들이 나에게 아주 큰 영향을 받는다고 믿는다.

② 이상한 믿음이나 마술적인 사고를 가지고 있으며 그에 따라 행동한다(예 : 미신, 천리안, 텔레파시 또는 육감 등에 대한 믿음이 있고, 다른 사람들이 내 느낌을 알 수 있다고 함. 어린아이나 청소년에게서는 기이한 공상에 몰두하는 증상으로 나타나기도 함).

③ 신체적 착각을 포함한 이상한 지각 경험을 한다.

④ 이상한 생각을 하고 이상한 말, 이를테면 모호하고 우회적·은유적·과장적으로 수식된 또는 상용적인 말을 한다.

⑤ 주변 사람들이나 주변에서 일어나는 일에 음모가 있을 것이라고 의심한다.

⑥ 주변 사람들을 의심해서 감정 표현을 억누르고 부적절하게 표현한다.

⑦ 괴상하게 차려입고 괴상한 행동을 하고 다닌다.

⑧ 부모나 형제 외에는 친한 친구나 동료가 없다.

⑨ 다른 사람과 친해져도 그 사람에 대한 경계심을 풀지 못한다.

■ 해설 ■

1~2개 정도의 항목에 예라고 응답하는 것은 당연하다. 이 세상에는 당신이 큰 영향을 미치는 사람이 한두 명쯤은 있다. 당신의 부모님과 애인, 당신의 후배 또는 부하나 친한 친구들이다. 그러므로 그들에게 당신이 미치는 영향력을 걱정하는 것은 문제가 아니다.

그리고 어떤 경우에는 남을 의심해야 한다. 특히 낯선 사람들 앞에서 쉽게 속을 드러내는 것은 별로 현명한 행동이 아니다. 그러니 조심성이 좀 지나친 정도라고 볼 수 있다.

3~4개 정도의 항목에 예라고 응답했다면, 당신은 약간 조심할 필요가 있다. 일단 당신이 보는 세상과 다른 사람들이 보는 세상이 약간 다르다는 사실을 잊지 말라. 당신이 잘 살기 위해서는 다른 사람들이 보는 세상을 잘 이해해야 한다.

그러므로 당신의 주변에서 이상한 현상이 일어난다면, 우선 그것을 상식적으로 설명하도록 노력해 보라. 상식적인 설명이 어렵다면 다른 사람들은 그 현상을 어떻게 이해하는지 물어보라. 그 상식적인 설명이 당신의 입장에서는 아무리 믿기 어려워도, 그것이 사실일 경우가 많다. 만약 5개 이상의 항목에 예라고 응답했다면, 당신은 이미 상당히 이상한 사람이다. 주변에서 이미 신이 들렸거나 살짝 돌아 버린 사람으로 당신을 취급하고 있을지도 모른다. 당신의 세계와 다른 사람들의 세계 간의 격차가 너무나 커서 당신도, 다른 사람도 서로를 이해할 수 없는 지경이다.

만약 당신이 예술가라면 그런 상태는 오히려 도움이 될 수도 있다. 당신은 워낙에 외계인이므로, 당신의 생각이 다른 사람들을 놀라게 할 만한 창의적 아이디어가 될 수도 있으니 말이다. 하지만 그것도 어느 정도까지다. 일단 당신이 안전한 삶을 영위하려면 주변 사람들의 세계와 소통할 필요가 있다. 상담소를 찾아가야 하는 이유가 그것이다. 더 나빠지기 전에 병원이나 심리상담소를 찾아가 보기를 바란다.

:: 청소년기의 마술적 사고 ::

청소년기는 인생에서 가장 충동적이며 위험을 즐기는 시기다. 오토바이를 타고 밤거리를 달리는 행동도, 인라인 스케이트나 스케이트보드로 하는 X 게임도, 심지어 마약도 청소년기에 가장 쉽게 받아들인다. 발달심리학자인 데이비드 엘킨드의 '청소년기 자아중심성(Adolescent Egocentrism) 이론'은 청소년들이 왜 그렇게 겁도 없이 위험한 행동을 하는가를 설명해 준다.

엘킨드는 청소년들에게서 나타나는 이 자아중심적 생각은 크게 다음 두 가지로 구분된다고 설명했다.

첫 번째는 상상의 관중(Imaginary Audience)이다.

이것은 기본적으로 타인들은 관객이고 자신은 무대 위의 주인공이라고 인식하는 경향을 말한다. 다시 말해서 남들이 자신의 일거수일투족을 지켜보고 있다고 느끼는 것이다.

청소년들은 다른 사람들보다 외모나 지적 능력 등에서 우월하고 주도권을 쥐는 자기 자신의 모습을 상상하거나, 극적인 상황에서 영웅적인 행동을 하는 자신의 모습을 상상하거나, 자신이 사라지거나 죽고 난 뒤 주변 사람들이 어떤 이야기를 할지를 상상하곤 한다. 이런 것들이 모두 상상의 관중 현상이다.

두 번째는 개인적 우화(Personal Fable)이다.

이것은 자기가 아주 대단하고 중요하고 특별한 존재라는 믿음이다. 개인적 우화란 자기만의 동화, 자기만의 전설을 말한다. 다시 말해서 자기가 무슨 생각을 하는지, 지금 무슨 느낌인지 남들은 절대로 이해하지 못할 것이라 믿는 상태이다.

자기가 진정 마음만 먹으면 무엇이든 될 수 있다고 믿는다든지, 자신은 거의 외계인처럼 이 세상에서 가장 특수한 존재라고 믿는다든지, 자신은 워낙 특별해서 어떤 위험한 경우에도 무사하리라고 믿는 경우가 바로 여기에 해당한다.

그래서 청소년들은 폭주족이 되어서도 자기한테는 오토바이 사고가 일어나지 않을 것이라고 믿는다는 것이다. 또한 피임을 하지 않은 채 성행위를 하면서도 자기는 결코 임신하거나 에이즈에 걸리지 않을 것이라고 믿기 쉽다는 것이다.

그런데 이런 모습은 사실 TV 드라마나 연극, 영화, 만화영화에 나오는 주인공의 상태와 매우 비슷하다. 〈배트맨〉을 예로 들어 보자.

영화 〈배트맨〉의 주인공이 배트맨이라는 사실은 주인공밖에 모른다(개인적 우화 : 독특한 존재). 그리고 일단 배트맨이 된 이후 주인공의 행동은 모두의 관심 대상이다(상상의 관중 : 용감한 나, 멋진 나). 악당을 물리친 후 배트맨이 홀연히 사라지면 사람들은 그의 행방에 대해 궁금해하며 고마워한다(상상의 관중 : 사라진 나). 또한 적어도 배트맨 영화에서는 배트맨만이 고담 시를 지켜낼 수 있다. 그리고 무슨 일이 있어도 결국 배트맨이 이긴다(개인적 우화 : 전능한 존재, 불사신).

그렇다면 청소년들은 왜 이런 함정에 빠지는 걸까?

이유는 크게 두 가지다.

하나는 청소년들이 하나만 알고 둘은 모르는 상태이기 때문이다. 일단 사고력이 발달한 청소년들은 남의 생각을 읽을 수 있게 된다. 그래서 남들이 어떻게 생각하는지 자기가 다 알고 있다고 착각한다.

하지만 청소년들은 다른 사람들 역시 자신의 생각을 읽을 수 있다는 사실은 잘 모른다. 결국 자신만 세상을 알고 세상은 자신을 모른다고 여기는 것이다.

두 번째 이유는 청소년 시기에 우리에게는 실제로 모험이 필요하다는 점이다. 우리가 성인이 되기 위해서는 언젠가는 부모에게서 벗어나 자신만의 세계를 만들고, 부모 대신 친구와 더 깊은 관계를 맺어야 한다. 이런 일들은 청소년기에 시작된다. 이것이 청소년들의 입장에서는 매력적인 일이기 이전에 상당히 두려운 일이다.

아무리 부모가 나를 이해해 주지 못하더라도 부모처럼 안전하고 편안한 상대는 이 세상에 없다. 그러니 부모를 떠난다는 것은 무슨 위험이 닥칠지 모르는 미지의 세계로 떠나는 여행과 같다.

이렇게 불안한 상태에서 자기를 추스르기 위해서는 자기가 아주 대단한 존재이고, 자기에게는 최소한 위험이 덜 닥칠 것이라는 믿음이 필요하다. 그것이 자아중심성의 내용이라는 것이다.

이렇게 생각하면 자아중심성은 청소년기에만 있는 것은 아닐지도 모른다. 우리가 이 험한 세상을 겁 없이 살 수 있는 것도 어쩌면 우리에게 내재한 자아중심성 덕분일 것이다.

4장

파괴와
공격 충동은
본능이다

마징가제트를 비롯한 거대 로봇 주인공들이 적과 싸우면서 애꿎은 빌딩과 도로를 박살내는 이유는 뭘까? 왜 경찰과 악당 사이에 추격전이 벌어지면 수없이 많은 자동차들이 박살나야 할까?

영화 〈더 록(The Rock)〉에서 주인공 니콜러스 케이지는 심지어 남의 페라리를 몰고 추격전을 벌이다가 완전히 작살을 내버리고서는 뻔뻔스럽게도 이렇게 말한다.

"내 차 아냐!"

그렇다면 왜 이런 장면들이 영화 속에서 빠지지 않고 등장할까?

우리 마음 한구석에 바로 그런 장면을 보면서 후련해하는 심리가 숨어 있기 때문이다.

당신은 늘 규범을 지키며 사는 삶에 만족하는가? 일상이 지루하게 느껴진 적은 없는가? 한 번쯤 규범을 어기고 일탈을 저질러 보고 싶은 마음은 없는가?

사실 규범을 잘 지키는 것은 사회생활을 하는 데 매우 중요한 덕목이지만, 우리는 한편으로 규범을 어기고 충동적으로 행동하고 싶어하는 마음도 가지고 있다.

일반인의 마음

반사회적 성격장애자의 마음

이것은 사람과 사람 사이에서도 마찬가지다. 규범을 곧이곧대로 지키고 옳은 일만 하려는 사람이 있다고 생각해 보라. 얼마나 답답하게 느껴지겠는가?

우리 주변에서 우리에게 재미를 주는 사람들은 대부분 규범적인 사람들이 아니라 규범을 조금씩 어길 줄 아는 사람들이다. 그런 사람들은 경쾌하다. 그리고 그 경쾌함의 배후에는 충동성이 깔려 있다. 자기가 하고 싶은 대로 말하고 행동하는 사람을 보면 경쾌함이 느껴진다.

이렇게 좀더 짜릿하고 위험한 경험을 추구하려는 경향을 자극추구 성향(Sensation Seeking Tendness)이라고 하는데, 가끔 이 성향이 아주 강한 사람들을 볼 수 있다. 이런 사람들은 남들이 평온하고 편안하게 느끼는 생활은 지루해서 못 참는다. 오히려 남들은 무서워서 하지 못하는 활동을 할 때 더 편안함을 느낀다.

그런데 주변에서 쉽게 찾을 수 있는 활동 중에서는 합법적인 활동보다는 비합법적인 활동이 더 무섭고 짜릿하다. 그래서 이런 사람들은 범죄의 유혹에 더 쉽게 빠져들게 된다. 그중에는 반사회적 성격장애자도 있다.

그러나 충동만 있고 양심이 없다면 위험하다
- 반사회적 성격장애

반사회적 성격장애자들이 바로 그렇다. 이들은 너무나 극단적인 충동성을 지니고 있어서 자기가 하고 싶은 대로 하기 위해서는 남을 거리낌 없이 해칠 수도 있다.

이 성격장애자들 중 특히 지능이 높은 사람들은 이 세상을 깜짝 놀라게 만드는 엽기적인 연쇄살인범이 되기도 한다. 2004년 우리나라를 떠들썩하게 했던 연쇄살인범 유영철은 전형적인 반사회적 성격장애자에 해당한다.

그는 전형적인 연쇄살인범의 행적을 보여준다. 처음 한 사람을 죽이

기 전까지는 반사회적 성향을 깨닫지 못하고 조용히 살지만, 첫 번째 살인 후에 자신의 살인본능을 깨닫고 연쇄살인의 길로 들어서는 것이다. 그는 사람의 목숨을 해치는 것에 대해서 아무런 죄책감도 느끼지 않고 오히려 쾌감을 느꼈다. 그는 우리와는 전혀 다른 사람이다.

이 반사회적 성격장애는 영화 속에서도 많이 나온다. 〈아메리칸 싸이코(American Psycho)〉의 주인공도 그렇고, 〈프라이멀 피어(Primal Fear)〉의 주인공도 마찬가지다. 〈양들의 침묵〉에 나오는 가장 유명한 살인마 한니발 렉터도 반사회적 성격장애자라고 할 수 있다.

그런데 이 영화들은 그냥 상상 속에서 탄생한 작품들이 아니다. 1957년에 체포된 최악의 엽기살인마 에디 게인(Eddie Gein)에게서 영감을 받

은 소설과 영화들인 것이다.

참고로, 반사회적 성격장애자들은 겉보기에는 매우 밝고 명랑한 경우가 많다. 왜냐하면 이들에게는 양심의 가책이나 부담감이 전혀 없기 때문이다. 유영철도 자기가 토막낸 시체를 들고 택시를 타고서도 천연덕스럽게 택시기사와 농담을 주고받았다고 한다.

이런 사람이 주변에 있다면 피하는 게 상책이다. 이런 사람에게는 우리가 가진 상식이 전혀 통하지 않는다. 그들이 우리처럼 상처입고, 우리처럼 슬퍼할 걸로 믿어서는 안된다. 그들은 우리와는 완전히 다른

종족이기 때문이다.

그리고 한 가지 덧붙이자면, 18세 이전의 남자들은 대부분 약하게나마 이런 특성을 보인다. 보통 우울증에 걸리면 사람들이 침거하고 조용해지는 반면 청소년기에는 오히려 정반대로 사고를 치고 싸움을 거는 형태로 나타나기도 한다. 그래서 18세 이전에 이와 비슷한(보통은 이보다는 약한) 경험을 했던 사람이라도 지금 그렇지 않다면 반사회적 성격장애는 아니니 안심하기를…….

하기는 진짜 반사회적 성격장애자라면 자기가 그렇다는 것을 알면서도 전혀 걱정을 하지 않을 테니, 걱정한다는 것 자체가 이미 그렇지 않다는 증거이다.

모험가와 범죄자는 백지 한 장 차이다

자극추구 성향이 높다고 해서 모두 반사회적 성격장애자가 되지는 않는다. 자극추구 성향을 사회적으로 인정받는 방향으로 해소하는 방법도 있기 때문이다.

이런 사람들은 우리 주변에 많다. 산이 거기 있기 때문에 올라간다며

악착같이 산에 올랐던 힐러리 경 같은 사람이나, F1 자동차 경주나 오토바이 경주에 참가하는 선수들, 똑같이 스키나 스노보드를 타도 남들처럼 내려가는 것에 만족하지 못하고 온갖 장애물과 하프파이프를 통과하는 X 게임을 즐기는 사람들…….

뿐만 아니라 날마다 긴장 속에서 범죄자와 싸우거나, 남들은 가까이 갈 엄두도 못 내는 불길 속으로 뛰어들어 인명을 구하는 소방관들을 생각해 보라. 또 남들이 생각할 수도 없는 짜릿한 장면을 만들어내는 액션 연출 전문가도 있고, 공포영화 제작자들도 있다. 물론 게임에 대한 열정이나 예술적인 창의력, 희생 정신, 정의감도 이들을 움직이는 힘이겠지만, 이런 일들은 체질적으로 맞아야만 할 수 있다.

만약 이런 사람들에게 산이 없었다면, 경기용 자동차나 오토바이가 없었다면, 스노보드나 하프파이프가 없었다면, 범죄자나 불과 싸울 기회가 없었다면… 이들은 어쩌면 범죄자가 되었을지도 모른다.

다음 질문에 답해 보자

❶ 자꾸 법을 어겨서 체포되고 유치장에 갇힌다.

❷ 자신의 이익이나 쾌락을 위해 아주 쉽게 거짓말을 한다.

❸ 미리 계획을 세우지 않고 충동적으로 행동한다.

❹ 공격적이거나 폭력적이고, 걸핏하면 싸움에 말려든다.

❺ 자신이나 타인의 안전에 대해 부주의하게 무시한다.

❻ 한 직장에 오래 붙어 있지 못하고, 충동적으로 지출을 하는 바람에 수입과 지출의 균형을 맞추지 못한다.

❼ 다른 사람을 해치거나 학대하거나, 다른 사람의 것을 훔치면서도 양심의 가책을 전혀 느끼지 않는다.

■ 해설 ■

1~2개 정도의 항목에 예라고 응답했다면, 당신은 부모님이나 선생님의 속을 어지간히 썩였을 것이다. 사실 당신이 스스로 원해서 그렇게된 것은 아니다. 당신이 문제를 일으킨다기보다는 문제가 당신을 따라다니는 것처럼 느껴질 것이다. 그런 문제들을 피하는 가장 좋은 방법은 문제 속으로 뛰어드는 것이다. 당신에게는 경찰이나 소방관 같은위험한 직업, 카레이서나 암벽 등반 X 게임 같은 위험한 스포츠가 어울린다.

사실 이런 분야에서 어떤 목표를 성취해낸 사람들은 대부분 본능적으로 당신과 비슷한 골칫덩어리들이었다. 하지만 이런 쿨하고도 사람들에게서 인정받는 위험을 쫓아다님으로써 당신이 원치 않는 볼품없고지저분한 위험에서부터 벗어날 수 있다.

혹시 3개 이상의 항목에 예라고 응답했는가?

미안하다. 당신은 내가 어쩔 수 있는 상대가 아니다. 사람 살려!

:: 연쇄살인범 에디 게인(Eddie Gein) 이야기 ::

미국 위스콘신이 낳은 걸출한 살인광으로, 앞서 말한 〈양들의 침묵〉에
나오는 '버팔로 빌'의 모델이 된 작자며 히치콕(Alfred Hitchcock)이 만
든 영화 〈싸이코(Psycho)〉의 원작소설에 지대한 영감을 주기도 했다.
이 작자가 검거됐을 당시의 반향은 전지구적이었다 하더라. 살인은 말
할 것도 없고 신체절단에 빼어난 재능을 보였으며, 무덤도굴과 시신
대상 성행위, 복장도착(Transvestism), 페티시즘 등 다방면에 능숙한 희
대의 현신한 악마였다…가 맞을까?
1957년, 공구상 주인 살해혐의로 수색영장을 가지고 그의 집에 들이닥
친 경찰은 그저 망연자실할 수밖에 없었다. 당시 그의 집에 있던 증거
물(?)들을 한번 열거해 보면,
일단 주방에 목 잘린 사슴고기마냥 널브러져 있었다는 공구상 워든 부
인, 해골로 만든 수프접시며 심장이 가지런히 올려진 프라이팬, 침실
에는 잘려진 머리들, 사람 피부로 만든 전등갓에 의자보도 있었다 하
며, 입술로 만든 목걸이, 여자 성기와 가슴으로 만든 조끼, 젖꼭지로 장

식한 허리띠… 옷장을 열어 보니 역시 피부로 만든 레깅스 바지, 거의 미라가 되어 가죽같이 보이는 마스크… 마당을 파보니 열 구 가까이 되는 잘려진 시신들, 시신들……. 악마 그 자체였다.

이 징도의 아우라를 가진 그이므로, 몇 년 사이 근방에서 있었던 모든 실종사건의 용의자가 되었고, 사회는 경악했다. 그러나 최종적으로 세 건의 살인혐의를 받았고, 그중 워든 부인 살해건으로 기소됐다. 대부분의 아이템들이 주변 공동묘지에서 시신을 도굴해 만든 것으로 밝혀졌고, 그간의 실종자들에 대한 살해혐의를 입증할 만한 증거가 없었기 때문이다. 그리고 법정에서 정신이상이 인정되어 죽을 때까지 범죄인 정신병원에 수감됐다 한다.

에디 게인의 성장기는 여타 심각한 범죄자들의 그것에 모범을 보이고 있다. 무능력한 아버지, 집안의 실질적인 리더이자 기가 세며 종교적으로 대단히 경도된 어머니를 가진 그는 사회성이나 감수성 발달이 또래보다 지체되었기에 학교에서는 왕따당하기 일쑤였다. 이런 그를 보호한답시고 어머니는 바깥세상으로부터 그를 격리시키기에 바빴다. 인간의 원죄에 대해, 성행위에 대해 혐오강박을 주입하면서. 그 결과

하나 있던 형을 포함, 모든 가족들이 앞서거니 뒤서거니 사망한 이후 가뜩이나 외진 집에서 그는 완전한 '혼자'였다.

여러 연구에 의하면, 어머니는 그에게 있어 유일한 친구이자 절대선이었고 그녀가 강요한 금욕생활이 일반적 사회생활을 가로막았다는 거다. 그가 주로 애호한 시신과 피해자는 늘 중년 여성이었다. 이들로부터 떼어낸 피부를 입고서 자신만의 의식을 치러온 거다.

특기할 만한 사실은 그의 정신병원 수감 생활은 완벽 그 자체였다는 기록이다. 주치의에 의하면 이 정도의 환자만 있다면 지들 정신과의들은 할 일이 없다고 할 정도였다. 결과적으로 그는 어머니와 함께 산 삶이나 이후 각종 페티시즘에 점철된 삶 등 자유인으로 살 때보다 격리되어 감시받는 삶을 훨씬 더 행복해했다고 한다.

—시포(shepoor@ddanzi.com) 기자. 2004. 7. 22. 딴지일보 기사에서 인용

5장

인간은
원래
변덕스럽다

성격을 뜻하는 영어 단어 Personality의 어원은 그리스어 Persona이다. 그런데 이 단어는 원래 고대 그리스의 축제 연극 무대에서 배우들이 쓰고 나오는 신의 얼굴 가면을 뜻했다. 이것은 성격이란 원래 인생이라는 무대 위에서 우리가 쓰고 있는 가면이라는 점을 암시하고 있는지도 모른다.

우리는 상황에 따라 서로 다른 가면을 써야 한다. 그러지 않으면 문제가 생긴다. 만약 내가 학교 강의실에서 행동하듯 집에서도 행동한다면 당장 집에서 쫓겨날지도 모른다. 그래서 우리는 강의실에서, 집에서, 친구들 앞에서 각기 다른 가면을 쓴다.

만약 성격이 인생이라는 연극 무대에서 사용하는 가면이라면, 무대와 배역에 따라서 가면이 달라지듯 성격도 무대에 따라 변할 것이라고 생각하는 것이 당연하다. 실제로 심리학자들의 연구 결과에 따르면 우리의 성격은 일관적이지 않다.

그렇다면 성격보다 중요한 것은 무엇일까?

그것은 환경이다. 우리의 행동은 성격보다는 환경에 의해서 더 많이 결정된다. 성격은 어쩌면 우리 마음속에 있는 것이 아니라 환경에 있

는 것인지도 모른다.

우리는 선한 환경에서는 선하게 행동하고, 신경질적인 환경에서는 신경질적으로, 고약한 환경에서는 고약하게 행동한다. 이렇게 우리의 행동은 성격이 아니라 주어진 환경에 따라 변덕스럽게 변화하는데도 우리는 성격이 있으며, 그것이 우리의 본모습을 설명할 것이라 믿는다.

그것은 어쩌면 나 자신조차 변한다고 생각하기에는, 그래서 나 자신도 믿을 수 없다고 여기기에는 이 세상이 너무 믿기 어렵기 때문일지도 모른다.

그러나 변덕도 정도가 있다
– 경계선적 성격장애

앞서 인간은 원래 변화무쌍하고 상황에 따라 쉽게 마음이 변화하는 존재라고 했다. 그런데 이 변덕의 진폭이 보통 사람들보다 상당히 크고, 훨씬 자주 변덕을 부리는 경우에는 문제가 된다.

이를테면 어떤 사람은 자신감이 정상인에 비해서 지나치게 많아졌다가 갑자기 또 지나치게 낮아진다. 처음에는 이 세상에 못할 일이 없는 것처럼 흥분하고 자신감에 넘치다가, 며칠 후에는 아무것도 할 수 없는 존재라고 자신을 탓하는 것이다. 이런 사람들은 또 주변 사람들의 시선에 아주 예민해졌다가도 갑자기 아주 둔감해진다. 그래서 어느 순간에는 일거수일투족에 일일이 신경쓰며 조심하다가도, 갑자기 남들이 놀랄 만큼 대담하게 옷을 입거나 행동한다.

이렇게 변덕의 진폭이 지나치게 큰 사람들은 문제가 있다. 이 사람들은 여러 가지 정신질환의 경계선에 서 있다. 예를 들면, 이 사람들이 우울한 상태일 때는 심각한 우울증 환자처럼 보인다. 실제로 자살을 기도하기도 한다. 하지만 기분이 고조되어서 신이 나 있을 때는 정신분

나는 어느 날은 지나치게
자신감이 많아지다가,
갑자기 또 지나치게 낮아져.
주변 사람들의 시선에
아주 예민해졌다가도
갑자기 남의 눈을 의식하지 않고
뻔뻔하게 행동하기도 하고.
하루에도 몇 번씩
성격이 변하는 것 같아.

귀하를 경계선적
성격장애자로 임명합니다.

열중 환자의 증세를 보이면서 세상에서 안되는 일은 아무것도 없다는 듯 마구잡이 자신감을 드러내기도 한다. 그러다가 적대감이나 의심을 가질 때는 거의 편집성 분열증 환자처럼 행동하고, 그러다가는 또 분열형 성격장애자처럼 목석 같아지기도 한다.

이렇게 여러 가지 성격장애의 경계선 위에서 이리 갔다 저리 갔다 하기 때문에 이런 성격을 경계선적 성격장애(Borderline Personality Disorder)라고 부른다.

최근 영화 〈얼굴 없는 미녀〉에서 주인공을 맡은 김혜수가 바로 이 성격장애로 나온다. 그녀는 어느 날에는 상대방의 마음을 꿰뚫어볼 수 있는 것처럼 자신감에 넘치다가도 갑자기 우울증에 빠진다. 소설을 쓰겠다고 며칠 밤을 새더니 소설이 완성되었다고 파티를 연 날 자살을 기도한다. 사람을 대할 때도 한동안 아주 절친해진 것 같다가도 갑자기 연락을 끊어 버리고 낯선 사람 대하듯 한다.

이런 사람이 주변에 있으면 매일 매일이 드라마가 된다. 아무리 사소한 일이라도 이 사람이 설명하면 모두 극적인 사건으로 바뀌어 버리니까 말이다. 이런 사람이 평소 생활에서 보이는 특징은 갑자기 딴 별나

라로 가버리는 것이다. 회의를 하다가도, 대화를 하다가도 갑자기 히

죽히죽 웃거나 침울해진다. 그러면 상대방은 당황할 수밖에 없다.

내가 무슨 실수를 했나? 집에 무슨 일이 있나? 어디가 아픈가? 온갖

생각이 다 들고 걱정이 뒤따른다. 하지만 나중에 이야기를 들어 보면

그냥… 갑자기 딴 생각에 빠져 있었단다.

당신 주변에 쉽게 다른 세계로 빠져 버리고, 한 가지에 집중하지 못하

는 사람이 있다면 약간은 경계선적 성향이 있다고 봐도 된다. 이 성격

장애는 주로 여자에게서 많이 나타난다. 이 증상은 종종 공주병으로

오인받기도 하지만 공주병과는 완전히 다르다.

공주병은 자기가 잘났기 때문에 주변 사람들

이 자기의 변덕에 따라 줘야 한다고

믿는 마음 상태라고 할 수 있다.

하지만 경계선적 성격장애자

들은 본인은 그리고 싶지 않은

데도 그냥 감정이 오락가락하

는 것이다.

이렇게 작으니
균형잡기가
어렵지.

← 자존심

또한 공주병 환자들은 모든 사람들이 자기를 좋아한다고 믿지만, 경계선적 성격장애자들은 자기가 좋아하는 사람이 자기를 좋아하지 않을까 봐 늘 두려워한다. 버림받을까 봐, 친구들이 자기를 싫어할까 봐, 자기가 다른 사람의 마음을 상하게 했을까 봐 두려워한다.

이들은 기본적으로 자신감이 없다. 그래서 이들이 부리는 변덕과 심술은 상대에게 차이느니 차라리 내가 먼저 차겠다는 심리의 결과이다.

이들은 반사회적 성격장애자들과 마찬가지로 쉽게 화를 내고 사고를 저지르고 싸움을 해대지만 큰 차이가 있다. 반사회적 성격장애자들은 사고를 치고 남에게 피해를 입히면서 눈 하나 깜짝하지 않지만, 경계선적 성격장애자들은 간이 작아서 심술을 부리거나 사고를 저질러 놓고는 후환을 두려워한다. 그러니 당연히 늘 불안과 걱정의 연속일 수밖에 없다.

이렇게 극단에서 극단으로 오가는 삶이 쉬울 리 없다. 그래서 경계선적 성격장애자들은 자살 기도도 많이 하고 매우 불안정하다.

그런데 멀쩡한 사람이라도 갈등이 심한 상황에 처하면 이와 비슷한 모습을 보이기도 한다. 갈등이란 결국 결정을 못 내리고 이렇게 할까 저렇게 할까 흔들리는 상태이기 때문이다. 이런 마음 상태가 행동으로 드러나면 결국 주어진 상황에 집중하지 못하고 딴 생각을 하며, 혼자서 심각해졌다가 화를 냈다가 웃다가 울다가 하게 되는 것이다. 이런 경우는 마음속의 갈등 때문이지 성격장애는 아니다.

다음 질문에 답해 보자

① 내 주변 사람들에게서 버림받을 것 같아 늘 걱정이 된다. 그래서 자꾸 그것을 피하기 위해 쓸데없는 노력을 하게 된다.

② 다른 사람들은 내 마음속에서 아주 좋은 사람도 되었다가 아주 한심한 사람처럼 보이기도 한다.

③ 어떨 때는 내가 아주 괜찮은 사람처럼 느껴지는데, 또 어떨 때는 정말 대책 없이 쓸모없는 존재처럼 느껴진다. 이런 일이 자주 있다.

④ 과소비를 하거나, 약을 지나치게 먹거나, 좀도둑질을 하거나, 난폭 운전을 하거나, 과식을 하는 등의 행동을 해본 적이 여러 번 있다.

⑤ 자살을 시도하거나 최소한 자해를 한 적이 있고, 친구들에게 자살하겠다는 이야기를 한 적이 있다.

⑥ 특별한 이유는 없지만, 가끔 몇 시간씩 갑자기 엄청나게 화가 나고 모든 사람이 미워지는 경우가 있다.

⑦ 나는 늘 삶이 공허하다고 느낀다.

⑧ 자주 울화통을 터뜨리거나, 늘 화를 내거나, 자주 몸싸움을 한다.

⑨ 가끔 내게 일어났던 큰 사건에 대해서 전혀 기억하지 못하는 일이 있다.

■ 해설 ■

1~2개의 항목에 예라고 답했다면, 당신은 지금 상당히 피로한 상태이다. 친구나 연인에게 배신을 당했거나 갈등을 겪고 있는 상황일 수도 있다. 하지만 그런 상황은 일시적이므로 당신은 곧 나아질 것이다. 힘을 내고 안정을 찾도록 노력할 필요가 있다. 당신의 상태는 위험하지 않지만, 지금 상황에서 조금 더 충동적인 행동을 저지르면 당신은 골치 아픈 문제 속에 빠질 수도 있다. 그러니 일단 냉정을 되찾으라. 세상은 지금도 잘 돌아가고 있으며, 당신의 문제도 조만간 해결될 것이다.

3~4개의 항목에 예라는 대답을 했을 경우, 최근 스트레스를 받을 만한 상황이 있었다면 당신이 약간 심하게 반응했다 해도 스트레스가 원인이라고 할 수도 있다. 만약 특별히 힘든 일도 없고 갈등도 없는데 3~4개의 항목에 예가 나왔다면 당신은 주변 사람들에게 조금 이상한 사람으로 비치고, 약간 변덕이 심하다는 평을 들을 수도 있다. 하지만 그래도 당신의 의지와 능력으로 충분히 정상적으로 살아갈 수 있는 상태이다.

기분이 좋을 때는 반대로 진정을 하려 하고, 너무 부정적인 생각만 떠오를 때는 하루만 지나면 곧 괜찮아질 거라는 믿음을 가지도록 하라. 당신은 실제로 그렇게 변화할 수 있는 사람이다. 당신은 누구보다도 쉽게 기분이 고조되고 저하될 수 있는데, 그것은 장점이 될 수도 있다. 특히 당신을 사랑하는 사람이 있다면, 아마도 당신의 그 극적인 성격을 사랑하는 것인지도 모른다.

5개 이상의 항목에 예라고 답했다면, 당신은 그동안 참 힘든 삶을 살아왔을 것이다. 주변의 어느 누구도 당신처럼 기뻐하지 못했고, 그 누구도 당신이 빠졌다 나온 좌절의 구렁텅이의 깊이를 모른다. 당신은 한 달에도 몇 번씩 천국과 지옥을 경험하는 사람이다. 당신의 그 높은 감정의 파도를 감당하지 못하고 주변 사람들이 떠난 경우도 있었을 것이다. 게다가 당신은 깊은 후회를 담고 다니는 사람이라서 자신의 실수나 실패가 갑자기 떠오를 때면 엄청나게 괴로움을 겪는다. 당신은 정상 수준을 벗어났으며, 스스로 당신의 문제를 해결하기는 조금 어려운 상황이다. 당신에게는 전문적인 도움이 필요하다.

6장

주인의식은
누구에게나
필요하다

예전의 경제학자들은 인간을 상당히 합리적인 판단을 내릴 줄 아는 존재로 보았다. 그래서 같은 조건이면 더 싼 물건을 살 것이고, 같은 가격이면 더 많은 물건을 고를 것이라고 생각했다. 복권도 역시 논리적인 확률에 따라 판단할 것이라고 생각했다.

하지만 심리학자들의 연구에 따르면 인간은 결코 합리적인 존재가 아니다. 몇 천 원짜리 물건을 살 때는 백 원 차이가 꽤 중요한 기준이지만, 몇 백만 원짜리 물건을 살 때는 몇 만 원 차이도 별로 크게 따지지 않는다. 논리적으로는 말이 안되지만 우리는 원래 그렇다. 그래서 고전경제학은 인간의 행동과 경제의 동향을 예측하는 데 실패했다.

이런 비합리성은 특히 자신과 관련된 사건에서 더더욱 심하게 드러난다. 예를 들어 보자.

당신이 5천 원을 주고 로또복권을 한 장 샀다. 당신은 그 복권의 번호를 직접 골랐다. 그런데 누가 당신에게 와서 6천 원을 줄 테니 그 복권을 팔라고 한다. 5천 원을 주고 산 복권을 6천 원에 사겠다니 남는 장사다. 당신은 복권을 팔겠는가?

똑같이 5천 원을 주고 로또복권을 샀다. 그런데 이번에는 당신이 번호를 고르지 않고 자동으로 부여된 번호로 샀다. 그런 당신에게 누가 똑같은 제안을 해왔다. 그 복권을 6천 원에 팔라는 것이다. 당신은 복권을 팔겠는가?

실험에 따르면 위의 두 가지 조건 가운데 첫 번째 조건일 때 사람들은 복권을 안 파는 쪽을 더 많이 선택한다. 왜 그럴까? 논리적으로는 설명이 안된다. 왜냐하면 당신이 직접 고른 번호이든 자동으로 부여된 번호이든 그 복권이 당첨될 확률은 같기 때문이다. 하지만 당신이 직접 고른 번호는 왠지 더 당첨이 될 것 같다. 왜 그럴까? 당신이 골랐기 때문이다.

우리에게는 나는 특별한 존재라는 믿음이 있는 것이다.

인간은 기본적으로 자기를 중심으로 우주가 돈다고 믿는 존재다. 자기가 이 세상에서 유일무이하고 아주 중요한 존재라는 믿음이 없다면 이 세상을 살아가기가 정말 힘들 것이다.

더구나 자기가 주인공인 삶을 살지 못하는 것은 별로 좋지 않다. 성공한 사람들에 대한 연구에 따르면 아무리 돈이 많아도, 아무리 편안해도, 아무리 몸이 건강해도 자기 삶의 주인이 자신이 아니라고 느끼는

사람은 성공했다고 느끼지 못한다. 반면에 돈은 좀 적어도 스스로가 개척하고 이루어내는 삶을 산다고 느끼는 사람은 성공했다는 자부심을 가지고 산다.

그리고 보면 공주병 혹은 왕자병은 사실 누구에게나 있는 셈이다. 자기만의 가치를 중시하고, 늘 주인공으로서 자신을 인식하는 것. 이 둘

＊
＊

이 합쳐지면 그게 바로 왕자병, 공주병이 아니겠는가?

외모로 주인공이 되려 한다
— 히스테리성 성격장애

그런데 이 왕자병, 공주병을 드러내는 방식은 사람마다 다르다. 어떤 사람은 자기가 하는 일을 통해서 자기의 가치나 특성을 드러내려고 한다. 또 어떤 사람은 자기가 소속된 공동체의 중요성과 독특함을 강조함으로써 거기에 소속된 자신의 유일무이성까지 덩달아 높이려 하기도 한다.

그런데 어떤 사람은 주로 외모의 매력으로 남들의 관심을 끌고 이야기의 주인공이 되려고 한다. 물론 그러면서도 겉으로는 자신은 그렇지 않다고 주장한다. 그래서 사람들의 분노를 사기도 한다.

오랫동안 이런 인생을 살다 보면 외모를 제외한 부분은 텅 비어 버리는 경우가 많다. 그래서 처음 만났을 때는 상당히 아는 것도 많고 그럴 듯해 보이지만, 실제로 깊이 알거나 많이 생각해 본 것은 거의 없다는 느낌을 주기도 한다.

＊
＊

사람들은 내가
히스테리 환자라서
마치 무대 조명을
받듯이 남의 시선을
끌려고만 한다고
비난했지.

하지만 지금 나는
정말 조명을
받고 있어.

마치 꿈만 같아!
허공에 붕 뜨는
기분이야!

UFO가
사람을 납치한다!

이런 특성이 심하게 나타나면 히스테리성 성격장애로 진단할 수 있다. 이 성격장애는 외모가 어느 정도 받쳐 주고, 외모로 남들의 이목을 끌어 본 경험이 있는 여성들에게서 주로 나타난다.

이런 사람은 언제나 자신의 매력에 감탄하고 끌려다닐 사람들을 필요로 한다. 그래서 이런 사람이 주변에 있으면 매우 피곤해진다. 나는 장미희가 연기한 역할들을 보면서 가끔 이런 느낌을 받곤 했는데, 나중에 케이블에서 방영하는 1980년대 우리 영화들을 보고 여자 주인공들이 대부분 이런 특성을 지닌 사람으로 그려졌다는 걸 알게 되었다.

왜 그랬을까?

그것은 여자에 대한 사회적 편견의 반영일 수도 있다. 또 극적인 삶이 어떤 것인가를 깊이 고민하지 않고 나온 각본이 그런 유형을 만들어낸 것일 수도 있다.

다음 질문에 답해 보자

1 내가 아니라 다른 사람이 주목을 받거나 관심을 끌면 왠지 불편하다.

2 사람들은 주로 내 몸매나 머리카락 같은 데 관심을 가지는 것 같다.

3 나는 종종 감정이 아주 빠르게 변하는데, 그 상태를 말로 표현하기가 쉽지 않다.

4 주변 사람들에게 패션 감각이 뛰어나다거나 상당히 파격적이라는 식의 이야기를 듣곤 하는데, 사실 어느 정도는 그런 반응을 즐긴다.

5 내가 느끼는 감정이나 내 생각을 표현할 때 사람들이 잘 알아듣지 못하는 것 같다. 내가 좀 추상적으로 표현하는 것 같기도 하다.

6 나는 내가 느끼는 이 놀라운 기분을 남들도 느끼게 해주고 싶다. 그래서 이게 어떤 느낌인지 보여주려고 하는데, 사람들이 그것을 잘 알아듣는지는 모르겠다.

7 누가 나에 대해서 뭐라고 설명하거나 지적하면 정말 그게 진짜 나인 것처럼 느껴지곤 한다. 그래서 나는 다른 사람이나 상황에 예민하다.

8 누구든 몇 번 만나보면 상대가 얼마나 나를 좋아하는지 알 수 있다. 너무 빨리 친해지는 것 같아서 조심스럽기도 하지만, 워낙 그런 일이 자주 있기 때문에 이제는 익숙해졌다.

*

*

■ 해설 ■

예라는 대답을 1~2개 정도 했다면, 당신은 아름답고 매력적인 사람이다. 그뿐이다. 워낙 어릴 적부터 예쁘다는 소리를 들어왔기 때문에 그냥 자신이 매력적이라는 사실을 익숙하게 드러낼 뿐이다. 당신은 원치않는데 주로 남자들이 당신을 귀찮게 해서 힘들었던 경험이 꽤 있을 것이다. 어쩌랴? 당신의 운명이 그렇다. 그저 당당하게 싫으면 싫다고 확실히 말하는 태도만 연습하면 된다.

예라는 대답이 3~4개 정도 나왔다면, 이미 당신 주변에는 당신을 밥맛으로 여기는 동성 친구들이 있을 것이다. 당신의 입장에서는 억울하겠지만, 이해하라. 당신처럼 매력적이지 않거나, 당신처럼 자신을 매력적으로 연출하지 못하는 사람들의 질투니까.

하지만 좀 조심할 필요는 있다. 외모의 매력도 좋지만, 만약 당신이 남들보다 훨씬 깊이 있게 이해하는 분야가 있고, 그것에 대해서 남들에게 조목조목 설명해 줄 수 있는 능력이 있다면 당신은 매력적일 뿐만아니라 훌륭한 인격으로서 존경받을 것이다. 그 존경은 당신이 이 세

*

*

상을 살아가는 데 매력보다 훨씬 유용하다.

예라는 대답이 5개 이상인가? 당신은 아주 불행할 것이다. 만약 그렇지 않다면 매우 훌륭한 외모를 타고난 사람이다. 즉, 당신의 신체적 매력이 당신의 병리를 보완해 술 만큼 훌륭하다는 뜻이다. 그렇지 않다면 당신은 어디서나 당신이 원하는 관심과 존중을 받지 못해서 욕구불만에 차 있을 것이다.

당신의 욕구불만에 대해서 주변 사람들을 탓하지 말라. 그들은 할 만큼 했다. 당신이 눈을 좀 낮춰야 한다. 혼자서 눈높이를 낮추기가 어렵다면 전문적인 도움을 받으라. 당신의 문제는 당신만의 문제가 아니라 주변 사람들을 괴롭게 하고 당신에게도 해를 끼친다.

삶이 언제나 핑크빛이 될 수는 없다. 당신은 공주도 아니고, 미스유니버스도 아니다. 그렇지 않더라도 산다는 건 재미있다. 그 재미를 발견하지 못한다면 정말 불행한 일이다.

*
*

다른 인간들은 모두 내 하인이다
— 자기애성 성격장애

반복이 되겠지만, 우리는 모두 자기가 잘났다고 여기면서 산다. 자신감과 자만심은 동전의 양면이다. 그리고 자신감이 없으면 도전할 용기도, 시련을 이겨낼 에너지도, 매력도 없어진다.

자신감은 그 무엇과도 바꿀 수 없는 인생의 에너지원이고 비타민이다. 하지만 자신감을 가진 사람일수록 반드시 잊지 말아야 할 것이 하나 있다. '나만큼이나 다른 사람들도 중요하고 대단한 존재라는 것'이다. 자부심과 겸손은 원래 동전의 양면이다. 지혜로운 사람들은 이 둘이 자연스럽게 따라온다. 내 존재의 가치를 깨달을수록 다른 사람의 가치도 알게 되고, 다른 사람들을 알게 될수록 나에 대해서도 더 잘 알게 되는 것이다. 만약 내가 잘났다는 믿음만 있고, 자기 주변 사람들의 가치는 볼 줄 모른다면 그 결과는 이른바 '밥맛'이 되어 버린다.

여자들에게서 나타나는 공주병의 극단이 히스테리성 성격장애인 반면, 이 밥맛 성격은 주로 남자들에게서 나타나므로 왕자병의 극단이라고 할 만하다. 이런 '밥맛 성격'을 전문용어로는 '자기애성 성격장애'

*
*

라고 부른다.

자기애성 성격장애에는 크게 세 가지 특징이 있다.

첫 번째는 노벨상 콤플렉스(Novel Prize·Complex)이다.

이 용어를 고안해낸 타카코프(Tarkakoff)라는 심리학자에 따르면, 이
것은 간단히 말해 '나는 노벨상을 받을 만큼 대단하고 뛰어난 존재이
며, 세상에서 특별한 인정을 받을 것이라는 믿음'이다.

구체적으로 예를 들어 보면 이렇다. 무엇을 먹더라도 뭔가 유명한 음
식을 먹어야 한다. 무엇을 입더라도 보통 옷과는 다른 옷을 입어야 성

에 찬다. 어디를 가더라도 꼭 유명한 곳이나 고급스러운 곳을 찾는다. 사람도 잘나가는 사람만 사귄다. 왕대접을 해주지 않으면 오지에서조차 일하려들지 않는다. 주변에 이런 사람이 있다면 성격을 의심해 볼 만하다.

두 번째는 조작하고 착취하려는 성향이다.

이것은 자신의 목표를 달성하기 위해서 주변 사람들을 이용하고 자기 의도대로 움직이게 하는 것을 말한다. 이를 위해서 주변 사람들에게 은근히 경쟁을 시킬 뿐만 아니라 이간질도 한다. 모두가 나를 위해서 움직여야지, 남을 위해서 일하는 것은 참지 못한다.

게다가 이런 성격은 책임감도 없다. 왜냐하면 주변 사람들을 도구로 볼 뿐 그 자체를 의미 있는 인격체로 보지 않기 때문이다. 손바닥 뒤집 듯 약속을 뒤집어 놓고서도 아무 가책이 없다. 같이 밥 먹자고 약속해 놓고 더 좋은 기회가 생기면 그 약속은 그냥 없었던 것이 된다. 항의를 하면 오히려 화를 낸다. 네가 잘못해서 그랬다든가, 그럴 만한 이유가 있어서 그랬다면서 말이다.

그러다 보니 주변 사람들과 관계를 오래 유지하지 못한다. 특히 이런

조작은 즐거워.

Danga's

유형은 함께 일을 하기엔 정말 최악이라 할 수 있다. 처음에는 정말 대단하고 잘난 사람인 줄 알고 함께 일을 하지만, 결국 자신이 함정에 빠졌다는 것을 깨닫게 된다.

잘된 일은 모두 그 작자가 가져가고, 실패하거나 잘못된 일은 모두 나에게 덤터기를 씌우기 때문이다. 그뿐인가. 주제에 감당하지도 못할 일은 또 엄청 많이 벌여 놓기 때문에 그 뒷정리를 하다 보면 시간이 다 지나간다.

게다가 이런 사람은 규칙도 무시한다. 규칙은 자기를 위해 존재할 때나 의미가 있는 것일 뿐이어서 자기가 하고 싶은 것을 막는 규칙이 있다면 그것이 잘못되었다는 식이다. 그래서 무시하거나 위반해 버린다. 결국 그의 주변에는 온갖 사소한 범법이 넘쳐난다.

잘나갈 때는 문제가 없지만, 이런 사람에게는 언젠가 빚을 갚을 날이 온다. 이런 사람과 잘못 엮이면 함께 망하는 길밖에 없다. 빛 좋은 개살 구란 바로 이런 사람을 두고 하는 말이다.

IT 투자 열풍이 한창이던 때에 명성을 날리던 몇몇 사기범들이 이런 인간형이다. 그들은 스스로 자기가 대단한 존재라고 믿었다. 사실은 그를 대단하게 만든 것은 오로지 그 믿음뿐이었고, 믿음이 거품처럼 꺼지자 함께 몰락해 버렸다.

세 번째 특징은 갈망(Crave)이다.

이 사람들은 실제로 잘났다기보다는 잘났다고 인정받기를 원하고, 주변 사람들이 자기에게 의존하고 자기를 믿고 따르기를 원한다. 동시에 주변의 모든 사람들이 모두 자기에게 관심을 쏟고 자기가 일을 잘할 수 있게 보조 역할을 해야 한다고 믿는다. 보통 사람들도 다소 이런 욕망을 가지고 있기는 하지만, 이 사람들은 갈망의 스케일이

갈망...

다르다. 숫자로 표시하자면 한 백 배 정도 더 강렬하다고나 할까.

사실 이 사람들을 움직이는 것은 바로 이 갈망이다. 남들에게 인정받고 주인공이 되고 싶은 갈망 말이다. 이 사람들은 그래서 자기에게 주목하고 찬사를 바쳐 줄 관중을 필요로 한다. 관중이 없으면 흥이 나지 않는다. 멍석을 깔아 주면 잘하던 것도 못하는 우리와는 달리, 이 사람들은 멍석을 깔아 주고 장구도 쳐줘야 신이 나서 움직이기 시작한다.

물론 능력이 뒤따른다면 이런 성격을 가진 사람은 실제로 중요한 일도 많이 한다. 나폴레옹이나 알렉산더, 히틀러에 이르기까지 전쟁과 격변을 일으킨 인물들의 경우 이런 성격이 많다. 하지만 이들이 이룬 위업은 기본적으로 기존의 질서나 틀을 무시하는 데서 시작한다.

나폴레옹은 프랑스 공화정치를 무시했다. 그는 처음에는 공화정의 수반으로 선출되었고, 공화정의 깃발을 내세워 유럽 국가를 통일했다. 하지만 곧 공화정을 부정하고 자신이 황제가 되었다. 왜? 이유는 간단하다. 자기가 그러고 싶었으니까. 자기 욕망에 이끌려 자기가 했던 약속을 손바닥 뒤집듯 뒤집은 것이다. 그 결과 그는 몰락했다.

히틀러도 마찬가지다. 그는 현실을 무시했다. 막막한 현실에서 오는 불안감과 분노를 유태인들에게 돌렸다. 불행히도 그는 열정과 현란한 수사법과 연설 기술을 갖추고 있었고, 그의 주장은 당시 불안과 분노의 상태에 있던 독일인들에게 잘 먹혀 들어갔다. 히틀러와 독일 국민들은 현실을 무시하고 믿음으로 세계대전을 일으켰으나, 결과는 참담한 패배로 끝났다.

오토 케른베르크(Otto Kernberg)의 아래 글은 이 성격의 특징을 아주 잘 묘사하고 있다.

이런 환자들은 다른 사람과의 관계에서 보통 이상으로 자기중심적이다. 이들은 다른 사람에게 사랑받고 칭찬받으려는 욕구가 대단히 크고, 자기개념이 매우 과장되어 있다. 그들의 감정 세계는 깊이가 없다. 다른 사람의 감정에 대해서는 거의 공감하지 못하고, 다른 사람의 찬사나 자신의 과장된 환상 외에는 생활의 즐거움이 없으며, 이런 외적인 것이 제거되고 자기만족이 이루어지지 않으면 안절부절못하고 권태를 느낀다.

다른 사람을 질투하고 자신의 자기애를 충족시켜 줄 것 같은 사람

은 이상화하며, 기대할 것이 없는 사람은 설사 전에 우상시하였던
사람이라도 얕보고 멸시한다.

일반적으로 다른 사람들을 심하게 착취하면서도 동시에 다른 사
람에게 기생한다. 죄책감도 없이 자신이 다른 사람을 소유하고 착
취할 수 있는 권리가 있는 것으로 느끼고 있다. 겉으로는 친절하고
매력적인 것 같지만 속으로는 냉정하고 신의가 없다. 흔히 이런 환
자들은 많은 찬사와 존경을 필요로 하므로 의존적인 것 같지만, 보
다 깊은 곳에서는 다른 사람에 대한 깊은 불신과 멸시 때문에 누구
에게도 결코 의존할 수 없다. (Kernberg, 1967 ; 이귀행, 1993, p. 25)

여기에 하인즈 코후트(Heinz Kohut)의 언급을 한 가지 덧붙이면, 이 유
형의 성격은 정말로 자신감이 넘쳐나는 성격이라기보다는 내면의 불
완전한 면이나 남에 비해 열등하다고 느끼는 자기 모습을 감추고 부정
하기 위해서 역으로 잘났음을 강조하다 보니 이렇게 된 경우가 많다.

다음 질문에 답해 보자

1 나는 내가 한 일에 비해서 턱없이 적게 인정받아왔다. 지금까지 내가 한 일이 얼마나 대단한지를 알아주는 사람이 정말 드물다.

2 나는 반드시 엄청나게 성공을 거둘 것이라는 생각이 든다.

3 평범한 사람들은 내가 무슨 생각을 하는지, 무슨 고민을 겪는지 이해를 하지 못한다. 그래서 나는 수준 높은 사람들을 만나려고 노력한다.

4 아마 내 능력과 내가 해온 일이 얼마나 대단한가를 안다면, 사람들은 정말 내 발밑에 엎드려야 할 것이다.

5 나는 특별한 대우를 받을 자격이 있다고 느끼지만, 그런 생각을 겉으로 드러내지는 않는다.

6 내가 하는 일은 사실 나를 위해서가 아니라 이 세상을 위해서 필요한 것들이다. 그러므로 나와 같은 목적을 공유한 사람들이라면 그것을 달성하기 위해서 조금씩 희생을 해도 괜찮다고 생각한다.

7 사람들이 왜 그렇게 칭얼대고 불만을 토로하는지 이해할 수 없다. 나와 함께 일할 수 있다는 것만으로도 그들은 감사해야 한다.

8 한 일도 없으면서 나보다 훨씬 더 인정받는 인간들을 볼 때면 정말 돼지 목에 진주목걸이라는 말이 떠오른다. 게다가 지금도 나를 시기하고 해코지하려는 사람들이 있다. 이래서 성공하기가 두렵다.

9 사람들이 종종 나에게 좀 지나치다는 말을 한다. 내가 다른 사람들을 무시하거나 지나치게 공격한다는 것이다.

■ 해설 ■

1~2개 정도의 항목에 공감이 간다면 걱정하지 않아도 된다. 그 정도면 당신은 정상적인 사람이다. 당신의 자존심은 정상보다 약간 높겠지만, 남들은 그저 당신을 당당하고 자신감 있는 사람이라고만 여길 것이다. 또한 당신을 그 자존심을 숨기고 혼자 묵묵히 성과를 올림으로써 주변 사람들의 신뢰를 받고 있을지도 모른다.

만약 3~4개 정도의 항목에 공감이 간다면, 약간 걱정이 된다. 당신은 가끔씩 주변 사람들에게 지나치게 공격적인 태도를 보이거나 이기적인 행동을 드러낼 텐데, 당신을 자주 만나지 않는 사람들은 모르고 넘어가더라도 당신의 주변 사람들 중 일부는 이미 당신을 싫어하고 있을 것이다. 그래도 너무 걱정하지 말고, 당신의 타고난 자존심을 활용할 방법을 찾아보라.

우선 주변 사람들이 당신의 기대에 부응하지 못한다고 해서 화를 내거나 다그치지 말아야 한다. 그 대신 당신이 열심히 해서 모범을 보이면 된다. 당신에게 힘든 일은 다른 사람들에게도 힘들다. 당신에게 지루한 일은 다른 사람들에게도 지루하고 하기 싫은 일이다.

남에게 일을 시키면서 "사실은 내가 혼자서도 할 수 있지만…"이라는 말로 시작하지 말라. 듣는 사람의 입장에서는 '그럼 네가 하지 왜 나를 시키는데?'라는 생각밖에 들지 않는다. 그리고 약속을 지키도록 노력하라. 그것이 아무리 사소하고, 그 약속을 어기고 당신이 하려는 새로운 일이 아무리 중요하다 해도 약속을 지켜야 한다. 그것은 당신의 신뢰성을 유지하는 데 가장 중요한 활동이다. 신뢰를 잃으면 모든 것을 잃는다.

9개의 항목을 읽으며 '그래 맞아!' 하는 생각이 5번 이상 들었다면, 이제 당신이 왜 문제를 겪고 있는지 이해할 때다. 나도 박사학위 소지자이니 당신의 문제를 어느 정도는 이해할 자격이 있으리라 생각한다.

자, 당신은 문제의 원인이 주변 사람들에게 있다고 계속 주장해왔을 것이다. 하지만 생각해 보라. 왜 당신을 아는 사람들이 대부분 당신을 만나기를 꺼리겠는가? 왜 그들이 당신에게 진정한 존경을 바치지 못하는 것처럼 보이겠는가? 당신과 1년 이상 버텨내는 동업자도, 친구도, 부하도 없는 이유가 무엇이겠는가?

그것은 모두 당신의 문제다. 주변 사람을 괴롭히고 이용해 먹고 나서 배신하는 짓은 이제 그만하라. 당신이 아무리 중요하다고 해도 당신의 주변 사람들 역시 당신만큼 중요하다. 그들에게 도대체 무슨 죄가 있는가? 운 나쁘게 당신을 만난 것 말고는 아무 죄도 없다.

이제 그들을 괴롭히지 말고 상담소를 찾아가야 한다. 그것이 모두의 행복을 증진하는 유일한 방법이다.

7장

겸손함과
수줍음은
인품을
말해 준다

나는 어려서부터 수줍음이 많았고 지금도 그렇다. 그래서 나 같은 사람은 수줍음 없는 사람을 무척 부러워한다. 영화 〈말죽거리 잔혹사〉에서 이소룡으로 변신하기 전의 권상우는 바로 내 모습이었다. 그래서 그의 연기가 아무리 어색해도 그 말투 하나하나, 행동 하나하나는 내 가슴에 와 닿았다.

내가 창피당할까 두려워서 말도 못 붙이는 멋진 여자에게 아무 스스럼 없이 다가가서 능글맞게 수작을 거는 친구를 나는 늘 부러워했다. 그렇다고 해서 그 친구가 특별히 잘생기거나 유능했던 것도 아니었다. 그리고 늘 성공한 것도 아니었다. 그 친구는 여러 번 딱지를 맞았다. 하지만 적어도 그는 시도를 했던 것이다.

해보고 싶은 것은 일단 실패하더라도 시도해 보는 삶.

그것은 수줍음에 발목이 잡혀 있는 나로서는 지금도 생각할 수 없는 세계이다.

사실 옛날에는 수줍음이 아주 바람직한 덕성이었다. '벼는 익을수록 고개를 숙인다'는 말에서 드러나듯 우리나라 중국에서 수줍음은 곧 겸손함의 표현이었다. 그리스의 유명한 철학자 플라톤도 남 앞에서 수

줍음을 느끼지 않는 사람
은 시민으로서 매우 위험
한 인물이라고 경고한 적
이 있다. 물론 여기서 말
하는 수줍음이 지금 우리
가 생각하는 수줍음과 얼
마나 같은지는 모르겠지
만, 적어도 예전에는 수줍
음이 정상적이고 필요한
행동이었다고 말할 수 있
을 것이다.

하지만 현대 사회에서 수줍음은 대인관계에서 불안감을 느끼는 증상
이고, 일종의 불안증세 정도로 치부된다. 그래서 지나치게 수줍음이
많은 사람은 '매우 겸손한 사람, 훌륭한 인격을 갖춘 사람'이 아니라
사회불안 신경증 환자가 되어 버리는 것이다. 반대로 수줍음이 없는
사람은 '양심이 덜 발달되어 무슨 짓을 저지를지 모르는 위험한 인간'

이 아니라 자기 PR이 중요한 현대사회에서 가장 잘 살아남을 수 있는
사람으로 부각되고 말이다.

요즘 TV를 보면 수줍음을 모르는 인간들투성이다. 방송을 전문적으로
하는 사람들이야 그렇다고 해도 이것은 전문방송인만의 이야기가 아
니다. 쇼 프로그램의 리포터가 길 가는 사람 아무나 붙잡고 말을 시켜
도 모두 코미디언 뺨치게 광대짓을 해댄다. 다들 작심하고 카메라 앞
에 선 사람들 같다.

하지만 아무리 그렇다고 해도 사실 수줍음은 인간이라면 누구나 가지
고 있는 일반적 심리이다. 1990년에 미국에서 이루어진 연구에서는 전
체 응답자 가운데 80% 이상이 수줍어한 적이 있다고 답하기도 했다
(Lenenberg, 1990).

수줍음의 배후에는 몇 가지 심리적인 기제가 있다.

첫째로, 수줍음은 일종의 불안이다.

상대에게서 내가 원하는 반응을 얻지 못할 것 같다는 생각이 들 때 느
끼는 불안이라고 할 수 있다. 그러면 어떨 때 이런 불안을 느끼게 될까?
우선 기술이 부족할 때 그럴 수 있다. 실제로 수줍어하는 사람은 사교

적인 기술이 부족한 경우가 많다. 전문용어로 이를 '수줍음에 대한 사회적 기술 결핍 가설'이라고도 한다. 쉽게 말해서 남들 앞에서 잘 떠들 수 있는 사람은 수줍음이 없다고 할 수도 있지만, 사교적인 기술이 뛰어나다고 할 수도 있다. 반대로 남들 앞에서 이야기를 못하고 조용히 눈치만 보는 사람들은 수줍음이 많다고 할 수도 있지만, 사교적인 기술이 부족하다고 할 수도 있는 것이다.

여기서 말하는 사교적인 기술이란 상대방을 잘 모르더라도 대화거리를 찾아내는 능력 같은 것을 말한다. 미국이나 유럽의 경우를 보면 낯선 사람과 대화할 때 기본적인 주제가 정해져 있는 것 같다. 내가 학회 같은 데서 만난 외국 사람들은 대체로 다음 순서로 대화를 이끌어갔다.

1) 당신은 무엇을 합니까?

2) 왜 그걸 하게 되었습니까?

3) 그래서 어떤 성과를 얻었습니까?

4) 오, 대단합니다!

5) 나는 이런 일을 합니다.

이런 식의 대화 규칙을 프로토콜(Protocol)이라고 하는데, 대강 앞의 프로토콜만 따라가도 기본 10분은 채울 수 있다. 그러다가 다른 대화 주제를 찾아내면 그것으로 넘어가고, 아니면 다른 사람을 대화에 끼워 넣고 이 프로토콜의 변주를 계속한다.

그들의 파티는 이런 프로토콜의 반복이다. 그런데 이렇게 대화를 이끌어내는 방법을 모르는 사람들은 썰렁해질까 봐 불안해하고, 그 결과 수줍음을 타게 된다.

둘째로 수줍음에는 동기적인 문제도 있다.

심리학자인 리어리(Leary)는 남에게 잘 보이고 싶은 마음은 있는데 잘 보이기 위해서 뭘 해야 할지 잘 모르는 사람들이 수줍음을 탄다고 설명한다. 쉽게 말해서 마음은 있는데 몸이 따라 주지 않아서 문제가 생긴다는 것이다.

실제로 주변을 살펴보면 사회적 기술이 별로 좋지 않은데도 그것이 크게 문제가 되지 않는 사람들이 있다. 그냥 조용히 혼자 사는 것을 편하게 여기고 혼자서 잘 노는 사람들이다. 이런 사람들의 경우 수줍음이 잘 드러나지 않거나 큰 문제가 되지 않는다. 문제는 사람들과 친하게

지내고 싶어하고 인기를 얻고 싶은 욕구는 있는데, 사교 기술도 부족하고 남을 대하는 태도도 별로 좋지 않은 사람들이다. 이런 사람들이 가장 큰 문제다.

수줍음의 극단
– 회피성 성격장애

앞서 수줍음은 일반적인 인간 심리이고, 나 역시 수줍음이 매우 많은 사람이라고 말했다. 하지만 나보다 더 수줍음이 심각한 사람들이 있다. 그런 사람들은 너무나 수줍어서 아예 남들을 만나려고 하지도 않는다.

이들은 스스로를 사오정처럼 부적절한 말과 행동을 하는 사람이라고 여긴다. 그리고 아무도 웬만해서는 자기를 좋아하지 않을 것이라고 굳게 믿고 있다. 왜냐하면 자기는 매우 한심하고 나약하고 유치한 존재이기 때문이다. 그러므로 감히 남에게 말을 걸거나 다가가지 못한다. 이런 경우를 회피성 성격장애라고 부른다.

그런데 여기서 잠깐 수줍어하는 사람들의 입장을 옹호하자면, 모든 인

간은 한심하고 나약하고 유치한 면을 가지고 있기 때문에 이들의 문제
는 어쩌면 자기 자신을 너무나 솔직하고 정확히 보는 데서 발생하는
것일지도 모른다는 점이다. 나르시시즘(Narcissism)의 마약에 취하지
못한 불행한 사람들이라고나 할까.

다음 질문에 답해 보자

1. 비판이나 거절, 인정받지 못하는 것 등 때문에 의미 있는 대인 접촉과 관련된 직업활동을 회피한다.

2. 자신을 좋아한다는 확신 없이는 사람들과 관계하는 것을 피한다.

3. 수치를 느끼거나 놀림을 받는 것에 대한 두려움 때문에 친근한 대인관계 이내로 자신을 제한한다.

4. 사회적 상황에서 비판의 대상이 되거나 거절당하는 것에 대해 집착한다.

5. 부적절감으로 인해 새로운 대인관계 상황에서 제한된다.

6. 자신을 사회적으로 부적절한 사람, 개인적으로 매력이 없는 사람, 다른 사람에 비해 열등한 사람으로 바라본다.

7. 당황하는 모습을 보일까 봐 어떤 새로운 일에 관여하는 것, 또는 개인적인 위험을 감수하는 것을 드물게 마지못해서 한다.

✽
✽

1~2개 항목에 예라고 대답한 당신은 그저 남들보다 약간 더 조심스럽
고 겸손하고 조용한 사람이다. 당신 스스로 수줍음이 고민되고 걱정이
되지만 않는다면, 이런 당신의 모습은 큰 문제가 없다. 좀더 자신감을
가지고 좀더 대담하게 뭔가를 해보려는 노력은 해도 되지만, 지금까지
그 모습으로 잘 살아왔다면 굳이 고치려고 할 필요는 없다.

그보다는 당신의 조심성을 활용하는 일을 찾아보는 게 좋다. 혼자서
할 수 있는 일, 꼼꼼히 살펴봐야 하는 일, 한 번이라도 더 검토해 보아
야 하는 일에서 당신의 장점을 발휘할 것이다. 수줍음은 당신을 지켜
주는 방패가 될 수 있다.

3개까지 예라고 대답한 당신은 수줍음 때문에 조금 문제를 겪고 있을
지도 모른다. 간절히 원하지만 수줍음 때문에 못하는 일이 꽤 있을 것
이다. 당신의 가능성이 제약을 당하고 있는 것이다. 수줍음이 당신의
방패가 되기보다는 족쇄처럼 작용하기 시작하는 단계다. 두려움이나
수줍음을 조금만 이겨내면 당신이 할 수 있는 일이 훨씬 많아진다. 용

✽
✽

기를 내라.

4개 이상의 항목에 예라고 대답했다면? 당신에게 나는 동료의식을 느낀다. 남의 이야기가 아니다. 매일매일 사람들의 시선이 주는 부담을 견뎌내야 하는 삶을 산다는 것은 정말 끔찍한 일이다. 가끔은 내가 나의 중요성을 지나치게 인식하는 것이 아닌지, 내가 한 번이라도 거절당해서는 안되는 사람인지, 그렇게 완벽해야 세상에서 살 자격이 있는 것인지 고민을 해본다. 하지만 어쩌랴. 남들이 나에게 기울이는 모든 관심이 부담스러운 것을, 그것이 아무리 비이성적인 짓이라고 스스로 타일러 보아도 몸이 따라 주지 않는 것을…….

괴롭다면 상담을 받아 보라. 상담소에서 당신에게 제공하는 것은 수줍음으로 가는 생각의 길이 아니라 다른 생각의 길이다. 생각의 길만 약간 바꾸면 당신의 숨통이 트일 것이다. 거기에 약간의 기술만 덧붙이고 의지가 들어가면, 당신의 문제는 의외로 쉽게 완화될 수 있다.

:: 자기연출 능력의 척도 셀프 모니터링(Self Monitoring) ::

사람들 중에는 언제 어디서나 비슷한 모습을 유지하려는 사람이 있고, 상황에 따라서 조금씩 다른 모습을 보여주는 사람이 있다. 어느 쪽이 더 현명한 사람일까?

스나이더(Snyder)라는 심리학자는 상대방이나 상황에 따라서 서로 다른 모습을 보여줄 줄 아는 사람이 더 현명하다고 말한다. 그리고 이런 능력을 그는 셀프 모니터링(Self Monitoring : 자기검색)이라고 불렀다.

자기검색 능력이 높은 사람은 내 생각보다는 남들에게 내가 어떤 사람으로 보이는가를 중시하는 사람이다. 그래서 평소에도 늘 자기를 남들에게 어떻게 보여줄 것인가에 신경을 쓴다. 결과적으로 자기검색 수준이 높을수록 이런 자기연출에 능하다. 반면에 자기검색 수준이 낮은 사람은 상황이나 환경보다는 내적인 욕구나 신념에 따라서 행동을 하려는 사람들이다.

자기검색 능력은 크게 세 가지 요인으로 구성되어 있다.

첫 번째는 외향성(Extroversion)이다.

이것은 낯선 사람들과 만나는 것을 즐기고 적극적으로 다른 사람들의 주목을 끌 줄 아는 능력이다. 그리고 타인의 관심이 집중된 상황에서도 자연스럽게 행동하면서 농담을 하고 친밀감을 표시할 줄 아는 능력이기도 하다.

두 번째는 타인 지향성(Other-Directedness)이다.

이것은 자신이 원하는 것보다는 상대가 원하는 것을 중시하고, 상대방의 생각이나 욕구를 잘 알아내고 충족시켜 주는 능력이다. 쉽게 말해서 상대가 기뻐할 때 자기도 기쁜 것이다. 필요하다면 자기의 감정을 숨길 줄도 알고 상황에 따라 행동할 줄도 아는 능력이다. 연애를 할 때 가장 중요한 능력이기도 하다.

세 번째는 행동력(Acting)이다.

옳은 이유에서라면 남을 속일 수 있는 마음의 자세와 능력이다. 스나이더는 이 능력 안에 사람들 앞에서 연설을 할 수 있는 능력도 포함시켰는데, 그는 강의나 연설을 잘하기 위해서는 어느 정도 과장을 하거나 거짓말을 섞을 줄 알아야 한다고 생각하는 모양이다.

전통적으로 우리는 제대로 된 인간, 즉 군자(君子)는 겉과 속이 일치해

야 하고(표리일치表裏一致), 시간이 지난다고 해서 태도나 생각이 쉽게

바뀌지 않아야 한다(초지일관初地一貫)고 배워왔다.

하지만 이 자기검색 개념으로 보자면 현대사회에서는 오히려 속과는

다른 겉을 보여줄 수 있어야 하고, 상황이나 상대에 따라서 쉽게 변화

할 수 있어야 하는 것 같다.

8장

원칙을 지키고 책임을 지는 것은 중요하다

세상은 원래 위험하다. 그러니 늘 위험에 대비해야 하는 것이 원칙이다.

일은 완벽하게 끝내는 것이 좋다.

약속은 꼭 지키는 것이 원칙이다.

도덕 규범이나 규칙은 지키라고 있는 것이다.

자신에게 주어진 일은 한 점 실수 없이 완수해야 유능한 사람이다.

모두 맞는 말이다. 이 세상에서 우리가 겪는 문제들은 바로 위의 원칙을 지키지 않기 때문에 벌어진다.

건설회사에서 원칙대로 하도급을 주고, 하도급 건축업자들이 원칙대로 시멘트를 섞고, 철근을 넣고, 감리사들이 책임감을 가지고 건물 완공 상태를 검사했다면 삼풍백화점은 무너지지 않았을 것이다.

시간의 흐름에 따른 건축 소재의 피로 누적 원칙을 제대로 적용만 했더라도 성수대교에서 수십 명이 죽고 다치는 일은 일어나지 않았을 것이다.

지하철의 화재가 얼마나 위험한지에 대해서 개념 없이 그냥 '어떻게 되겠지' 하는 생각으로 옆 선로 객차에 불이 났으니까 조심해서 들어가라는 멍청한 지시를 내리지만 않았더라도 대구지하철에서 수백 명이 타죽지는 않았을 것이다.

반면 원칙과 완벽을 추구하는 사람이 동료라는 사실은 대체로 축복이다. 당신이 일하는 팀에 완벽하게 일을 해내는 팀원이 한 명이라도 있다면 당신의 걱정은 최소한 절반 이상 줄어든다. 당신이나 다른 누가 실수를 하더라도 그 팀원이 찾아낼 것이므로 실수를 점검하는 걱정을 접어 두고 다음 단계로 일을 진행할 수 있다. 물론 그 완벽주의자가 주변 사람들을 성가시게 할 수도 있다. 하지만 그 정도는 실수 점검 비용으로 생각해도 충분하다.

완벽함은 또한 일종의 예술적 이상이다. 한 치의 틈도 없이 세공되고 짜맞추어진 제품은 그 자체로 매력적이다. 뭐 하나 덧붙이거나 뺄 여지가 없는 아름다움이 고려청자나 반가사유상의 매력이다. 거기에서는 흠집마저도 완벽을 이루는 하나의 요소가 된다. 마찬가지로 장인이 만들어낸 롤스로이스의 엔진이나, 스위스의 고급 시계도 완벽함의 예술이다.

그러고 보면 인간이 이루어낸 업적들은 몇몇 미치광이들과 그 뒤를 받쳐 준 완벽주의자들 덕분인지도 모른다.

그러나 원칙만 중요한 것은 아니다
- 강박성 성격장애

원칙과 완벽함은 우리가 사회생활을 하는 데 잊지 말아야 할 덕목이 분명하다. 하지만 그 반대의 명제들도 그와 마찬가지로 중요하다.

(세상이 위험하다지만)

모험을 하지 않고서는 새로운 것을 얻을 수 없고, 새로운 것을 얻지 못하면 결국 실패한다.

(완벽하게 하는 것도 중요하지만)

결국 일은 필요로 하는 곳에서 필요한 시점에 끝내야 의미가 있다.

(약속은 지켜야 하지만)

약속을 지킬 수 없는 경우도 있으며, 그런 경우에는 양해를 구하거나 대안을 찾아야 한다.

(도덕 규범이나 규칙은 지켜야 하지만)

　도덕 규범이나 규칙도 결국은 사람들을 위해 존재하는 것이다.

(자신에게 주어진 일을 완벽하게 하는 것도 중요하지만)

　일은 결국 동료들과 함께 하는 것이다.

어느 한쪽 명제에만 집중해서 그 반대 명제들의 중요성을 인식하지 못
할 때 우리의 삶은 경직되고 문제를 일으킨다. 그리고 특히 앞의 명제
에만 집중하는 삶을 일관되게 사는 사람들은 강박성 성격장애가 되기
쉽다.

섬머펠트와 후타, 스윈슨(Summerfeldt, Huta, & Swinson, 1998)이 강박
장애에 대한 연구들을 종합한 것에 따르면, 강박성 성격장애는 기본적
으로 다음 네 가지 특징을 나타낸다.

첫째, 이들은 위험을 과상되게 인식하고, 그 과장된 위험을 피하기 위
해서 과장된 노력을 한다.

어떤 강박증 환자들은 비행기를 타지 못한다. 왜냐하면 비행기는 추락
할 위험성이 있기 때문이다. 어떤 사람들은 세균의 감염을 무척이나
두려워한다. 그래서 외출을 하고 돌아오면 온몸에 소독약을 뿌려댄다.
심지어 어떤 강박증 환자는 국수도 먹지 못한다. 왜냐하면 국수의 긴

면발이 호흡기관을 막을 위험성이 있기 때문이다.

둘째, 이들은 지나치게 책임감을 느낀다.

이들은 자기와 관련된 모든 일에 대해서 자기가 책임을 지려고 한다. 그러다 보면 이 세상에서 일어나는 모든 일에 대해 책임감을 느끼는 수준에까지 도달한다. 문제는 이들이 잘된 일에는 별로 신경을 쓰지 않고 잘못된 일에 대해서만 과도하게 신경을 쓴다는 점이다. 그 결과 늘 죄책감에 시달린다. 자기가 좀더 노력했더라면 그런 일이 벌어지는 것을 막을 수 있었으리라는 식의 생각을 하게 되는 것이다.

셋째, 이들은 뭐든 100% 확실해야 안심을 한다.

그래서 리보(Armand Ribot)라는 학자는 강박장애를 의심하는 질병 (Doubting Disease)라고까지 불렀다. 의심까지는 좋은데, 문제는 100% 확실하지 않으면 확실해질 때까지 그 일을 끝내지 못한다는 점이다. 더 큰 문제는 이 세상에 100% 확실한 것은 아무것도 없다는 점이다. 결국 이들은 돌다리를 두드려 보는 신중함이 지나쳐서 그 다리가 부서질 때까지 두드리기만 하는 짓을 반복하게 된다.

넷째, 이들은 인간으로서는 도달할 수 없는 완벽한 경지를 추구한다. 이들은 모든 일에서 한 점 부끄러움이나 한 점의 티도 없이 완벽한 마무리를 추구한다. 이를테면 윤동주 시인의 심정이랄까. 그러나 그런 완벽함은 플라톤이 말하는 이데아의 세계에서나 가능할 뿐, 인간세계에서는 존재하지 않는다.

더욱이 고려청자나 반가사유상 또는 모나리자 그림을 완벽하게 만드는 것은 완벽한 마무리만이 아니라 그 속에 포함된 빈틈과 흠집들이라는 사실이 중요하다. 완벽함을 추구한다고 해서, 하나하나 모든 것이 다 완벽하다고 해서 그 결과물이 반드시 완벽한 완성품이 된다는 보장은 없다. 대부분의 걸작들은 그 속에 우리가 들어가서 생각을 할 만한 빈틈을 남겨 두고 있다.

또한 완벽함을 추구한다는 것은 어떤 면에서는 자연의 섭리를 거스르는 행동일 수도 있다. 1988년 미국의 옐로스톤 국립공원에서는 벼락이 떨어지며 생긴 작은 불이 사상 최대의 산불로 번져 150만 에이커(약 18억 4천만 평)의 숲을 태웠다. 이 산불의 원인을 조사한 과학자들은 역설적인 사실을 발견했다.

원래 숲에는 작은 산불이 빈번히 일어나서 타기 쉬운 나무들을 미리 태우고 숲에 빈틈을 만들어 놓아 산불이 멀리까지 번지는 걸 막아 주곤 했다. 그런데 그 당시 국립공원 당국이 산불 예방에 지나치게 노력을 기울였기 때문에 작은 산불의 빈도가 줄어들었다. 그 결과 숲 전체가 불에 타기 쉬운 오래된 나무들로 빽빽이 뒤덮여서 큰 산불이 번지기에 아주 좋은 상태가 되고 말았다. 산불을 줄이려는 노력이 더 큰 산불을 만들어내는 원인이 되고 만 것이다.

완벽을 추구하는 행동이 지나치면 바벨탑을 세우려고 했던 인간의 오만과 같은 결과를 가져온다. 단순히 완벽을 얻지 못하는 데 그치는 게 아니라 오히려 더 나쁜 결과를 가져올 수도 있다는 말이다.

그러면 이 강박성 성격장애자들은 왜 이렇게 무모하리만큼 완벽을 추구할까? 심리학자들은 강박성 성격장애의 배후에는 두려움이 깔려 있다고 말한다. 규칙을 지키고 싶어서 지킨다기보다는 규칙을 안 지키는 것이 두렵기 때문에 어쩔 수 없이 지킨다는 것이다. 즉, 규칙을 깰 용기가 없는 것이지, 규칙에 대한 무슨 신념이나 의미가 있어서 규칙을 수호하려는 것이 아니라는 말이다.

완벽함에 대한 추구도 마찬가지다. 그들은 완벽함을 원하기 때문에 그것을 추구하는 게 아니다. 완벽하지 못한 상황을 감당할 자신이 없기 때문에, 그것을 감당하기에는 자신이 너무 겁이 많기 때문에 역으로 완벽을 추구하는 것처럼 보이는 것이다.

나는 사실 좀더 강박적인 인간이 될 필요가 있는 사람이므로, 이 성격장애에 대해서 이렇다 저렇다 말할 자격은 없지만, 삶이 매우 피곤할 것이라는 사실만은 분명하다. 최근에 방영되었던 〈몽크(The Monk)〉라는 드라마의 주인공이 이 강박성 성격장애자로 설정되어 있다. 이 사람의 삶을 보면 대략 윤곽이 그려질 것이다. 이 사람들에게 강박 성향을 고치라고 하면 아마 다음에 나오는 모습이 되지 않을까?

✱

✱

다음 질문에 답해 보자

❶ 일의 세부 규칙, 목록 정하기, 순서 또는 스케줄에 집착하느라 정작 중요한 일을 못한다.

❷ 지나치게 완벽함을 추구하느라 일을 완성하는 데 어려움을 겪는다. 즉, 자신의 완벽한 기준에 만족하지 못해 아예 계획을 세우지 못한다.

❸ 자기 직업이나 어떤 작업을 위해 여가활동이나 사회관계를 모두 포기한다(단, 경제적인 이유로 꼭 그 일을 해야 하는 상황인 경우는 제외한다).

❹ 지나치게 양심적이고, 소심하고, 도덕 윤리나 가치관에 관하여 융통성이 없다(하지만 문화적 혹은 종교적인 이유로 설명할 수 있는 경우는 제외한다).

❺ 정서적인 의미(자기의 특별한 경험이나 사람과 관련되어 있다든지 하는)도 없고 실용적으로도, 경제적으로도 의미가 없는 낡고 가치 없는 물건들도 버리지 못한다.

❻ 자기가 일하는 방식을 정확히 따르는 사람이 아니라면 일을 위임하거나 같이 일하지 않으려 한다.

❼ 자신이나 남을 위해 돈을 쓰는 데 매우 인색하다(돈을 미래의 재난에 대해 대비하는 것으로 인식한다).

❽ 전반적으로 경직되어 있고 완강하다.

✱

✱

■ 해설 ■

1~3개의 항목에 예라고 응답한 당신은 걱정할 필요가 없다. 어쩌면 당신은 주변의 많은 사람들에게 도움을 주고 일을 진행하는 데 없어서는 안되는 존재일 수도 있다. 당신은 물건들을 어떻게 정리해야 하는지 가장 잘 아는 사람이다. 당신이 손댄 곳은 언제나 간결하게 정리되기 때문에 모두가 기뻐한다. 당신이 관여하는 일은 대부분 빈틈이나 실수가 없다는 평가를 듣는다. 그래서 사람들은 당신과 함께 일하고 싶어한다. 최소한 당신이 그들의 걱정거리 하나를 확실히 해결해 준다는 것을 잘 알기 때문이다.

물론 본인은 좀 힘들 수도 있다. 특히 당신이 힘들여서 정리해 놓은 물건들을 사람들이 쓰고 함부로 놓아 두는 바람에 질서가 어지럽혀질 때면, 당신은 자신이 마치 시시포스(Sisyphos)처럼 무의미한 일을 반복하는 것은 아닌지 걱정이 되기도 할 것이다. 하지만 어쩌겠는가? 주변 사람들은 당신만큼 무질서에 예민하지 않다. 그들은 둔하고 어리석다. 당신이 도와주지 않으면 그들은 반드시 실수를 저지른다. 물론 그 실

＊
＊

수가 심각한 결과를 가져오는 일은 거의 없지만, 실수는 낭비이고 당신이 제일 싫어하는 게 바로 그런 낭비다. 그러니 어쩌겠는가? 볼 줄 알고, 생각할 줄 알고, 움직일 줄 아는 당신이 나설 수밖에. 정리정돈은 당신의 운명이다. 무지한 주변 사람들의 행태를 보며 슬퍼하거나 노여워하지만 않는다면, 당신은 세상의 빛과 소금이 될 것이다.

예라는 대답이 4번 이상 나왔다면? 당신은 그동안 참 힘들게 살아왔을 것이다. 이제는 좀 쉴 때다. 당신의 걱정, 당신의 불안감을 나 같은 미련퉁이는 평생을 가도 이해하지 못하겠지만, 당신이 그렇게 걱정하지 않아도 세상은 그럭저럭 돌아간다. 예전에는 어땠는지 모르지만 지금 당신은 완벽을 추구하느라 결국 아무 일도 못하는 사람이 되어가고 있다. 그것은 당신도 바라지 않는 모습일 것이다.

자, 걱정은 이제 조금 접어 두자. 그게 쉽지 않다는 것은 잘 안다. 그러니 당신은 걱정에서부터 도피하기 위해서가 아니라 걱정과 맞붙어 싸우기 위해서 움직여야 한다. 상담을 받고 당신의 그 불안감과 싸우라. 그것이 당신의 주변 사람들을 편하게 만들어 주고, 당신의 근육 긴장을 늦춰 주며, 행복을 가져다 주는 길이다.

＊
＊

:: 매슬로(A. Maslow)의 인간의 욕구 단계 ::

인간을 비롯한 대부분의 동물을 움직이는 동기는 결핍동기다. 목이 말라야 물을 찾고, 배가 고파야 먹을 것을 찾으며, 졸려야 자려 하고, 불안해야 안전한 곳을 찾으려 한다는 것이다. 인간도 마찬가지로 외로워야 사람을 사귀려 하고, 심심해야 이야깃거리든 뭐든 놀거리를 찾고, 자기가 남들에 비해 뒤떨어진다는 자각을 해야 노력을 시작하는 게 보통이다.

하지만 그게 전부일까? 인간에게 모든 것이 충족되면 그 인간은 동기를 상실하고 폐인으로 전락해 버릴까?

에이브러햄 매슬로(Abraham Maslow)는 그렇지 않다고 대답한다. 인간에게는 그냥 아무 이유 없이 생겨나는 호기심이라는 동기도 있고, 자아실현을 해보려는 동기도 있다는 것이다.

매슬로는 인간의 욕구를 다음 5단계로 구분했다.

첫 번째 단계는 생리적 욕구이다.

물과 음식, 공기, 적절한 온도와 같이 생명체로서 인간 존재를 유지하기 위한 가장 기본적 조건에 대한 욕구다. 이것이 없으면 우리는 살 수 없으므로 이를 추구하는 것은 모든 인간의 공통적인 특성이다.

하지만 어떤 인간은 이 욕구가 충족되어도 이 단계를 벗어나지 못하고 집착하기도 한다. 예를 들면 우리의 부모 세대는 일상적인 보릿고개(가을에 추수한 쌀은 다 떨어지고, 봄에 심은 보리는 아직 거두지 못해서 식량이 없는 시기)나 전쟁의 궁핍함을 뼈저리게 경험했기 때문에 그때와는 비교할 수 없이 높은 경제성장을 이룬 지금도 먹고사는 문제를 최고로 치는 경우가 있다.

또 어떤 인간은 더 높은 단계의 욕구를 위해서 이런 기본적인 욕구마저 무시하기도 한다. 간디처럼 자신의 정치적 신념을 구현하기 위해서 단식을 하는 사람이 이 경우에 해당한다.

두 번째 단계는 안전에 대한 욕구이다.

쉽게 말해서 불안과 공포에서 해방되어 편안하게 발뻗고 지내고 싶은 욕구이다. 인간 문명은 어떤 면에서는 바로 이 안전 욕구를 추구하기 위해 시작되었다고 할 수 있다. 한 명이 있는 것보다는 열 명이, 열 명보다는 백 명이 함께 있을 때 인간의 힘은 시너지 효과를 발휘하고 더 강력해지니 말이다.

그 결과 이제 인간의 가장 큰 적은 인간뿐인 상황이 되었다. 이것 역시 생존에 필수적인 욕구이고, 대부분의 사람들은 이 욕구를 충족하면 다음 단계로 넘어간다. 하지만 어떤 사람들은 역시 이 단계에 집착한다. 6·25 전쟁을 경험한 부모 세대의 안보공포증, 레드콤플렉스는 어떤 면에서 이런 집착으로 설명할 수 있다.

그런가 하면 어떤 사람은 자신의 안전을 포기하면서까지 다른 욕구를 추구하기도 한다. 인명을 구조하기 위해 불 속으로 뛰어드는 소방관들이나, 과학 연구를 위해서 극지나 우주탐험까지 자원하는 과학자 등 이런 경우는 주변에서 많이 찾아볼 수 있다. 또한 불안을 피하기 위해 처절하게 노력하는 강박신경증은 바로 이 단계에 집착하는 상태라고 할 수 있다.

세 번째 단계는 소속감과 사랑에 대한 욕구이다.

안전의 욕구 단계까지 충족되면 사람들은 소속감과 사랑에 대한 욕구로 넘어간다. 이것은 외롭게 살기보다는 누군가와 동료가 되거나 연결되고 싶어하는 욕구이다. 사회적 동물인 인간이라면 기본적으로 소유

자아실현의 욕구

자존감의 욕구

소속감과
사랑에 대한 욕구

안전에 대한 욕구

생리적 욕구

하고 있는 욕구이기도 하다.

물론 이 욕구에만 집착하는 사람들도 분명히 있다. 남에게 거절당하거나 배척당할까 봐 심하게 불안해하는 의존성 성격장애도 그렇고, 경계선적 성격장애도 이와 비슷한 증상이라 할 수 있다.

네 번째 단계는 자존감의 욕구이다.

먹고살 걱정도 없고, 위험도 별로 없고, 친구도 있다면 이제는 나 자신의 존재 가치를 남들에게서 인정받고 싶은 욕구가 고개를 든다. 내가 얼마나 유능한 존재인지, 내가 얼마나 안정되어 있고 의지할 만한 사람인지를 남들에게 승인받으려는 욕구다.

마지막으로 자아실현의 욕구가 있다.

이것은 자신의 존재 의미와 자기 삶의 목적이 무엇인가 하는 질문에 대한 대답이다. 이 대답은 남들의 승인이 아니라 자기 스스로의 기준에 따른 승인이고, 거기에는 자기가 속한 사회와 인류와 자기의 관계에 대한 성찰도 포함되어 있다. 위인들은 대부분 이 단계까지 진행한 사람들이다.

이러한 욕구의 단계는 피라미드 형태로 나타난다. 맨 아래 단계는 모든 인간이 추구하는 것이고, 그 다음 단계는 하위 단계를 극복한 인간들만이 추구한다. 이렇게 조금씩 욕구 추구의 탈락자들이 나오면서 맨 위 단계인 자아실현의 욕구를 추구할 수 있는 사람은 전체 인구의 극소수에 불과하다.

당신은 어디까지 와 있는가?

※ 매슬로의 다른 욕구 모형에서는 자존감 욕구와 자아실현 욕구 사이에 인지적 욕구(세상에 대한 지식을 쌓고 이해를 넓히려는 욕구), 심미적 욕구(대칭이나 질서, 아름다움을 경험하려는 욕구)를 집어넣기도 한다.

9장

혼자서
살 수 있는
세상은 없다

미국에서 피뢰침과 다중초점렌즈 등 다양한 물건을 발명했고, 독립선언문 초안을 잡았으며, 외교관으로서 여러 협상을 성공시키는 등 여기저기 참견하며 다닌 것으로 유명한 벤저민 프랭클린(Benjamin Franklin)에게는 나름의 치세술이 있었다고 한다. 워낙 다양한 장면에서, 여러 가지 이해관계에서 사람들과 만나야 했던 그는 예전에 심각한 논쟁을 벌였거나 갈등을 빚었던 사람들과 다시 만나서 함께 지내야 하는 경우가 많았다.

그런 서먹한 상황에서 상대방과 친해지는 가장 좋은 방법은 그에게 도움을 청하는 것이었다. 즉, 상대방이 분명히 가지고 있을 법한 물건을 대면서 자기한테 그게 무척 필요한데 지금 하필이면 그게 없으니, 혹시 빌려 준다면 정말 큰 신세를 지겠다고 접근하는 것이다. 예전에 논쟁을 조금 했을 뿐 원수진 사이도 아니니 그렇게 도움을 청해오는데 마다하기는 어렵다.

그러니 대부분은 도움을 주게 된다. 그리고 나면 상대방은 프랭클린이 급한 상황에 있을 때 자신이 도움을 주었으니 어느 정도 우위에 섰다고 생각한다. 그래서 교만해지기보다는 너그러워진다. 물론 그렇게 너

그러워진 사람과는 훨씬 쉽게 친해진다.

그런 전통을 물려받아서인지 옆집 사람에게 관심이 있을 때 은근히 접근하는 방법으로 미국 사람들은 '설탕 빌리기' 전략을 쓴다.

내용은 간단하다. 어떤 집에나 설탕은 있기 마련이고, 설탕이 떨어졌는데 당장 필요하다는 변명도 그럭저럭 먹힐 테니 옆집에 가서 설탕을 좀 빌려 달라고 하는 것이다. 일단 그렇게 말을 트게 되면 그것을 계기로 고맙다고 밥도 사고 하면서 점점 가까워진다는 전략이다.

우리나라에도 '옆집에 가서 소금 얻어오기'와 같이 이와 비슷한 전통이 있기는 한데, 왜 그게 오줌싸개에 대한 벌로 사용되었는지는 잘 모르겠다.

여기에서 우리가 잘 살기 위해서는 주변 사람들의 존재가 매우 중요하다는 교훈을 얻을 수 있다. '천상천하 유아독존'은 부처나 할 수 있는 말이지 평범한 사람에게는 해당되지 않는다. 우리의 존재는 언제나 다른 사람의 존재에 기대어 있기 때문이다.

즉, 인간은 서로서로 의지해서 살아갈 수밖에 없는 존재들이다. 의지하지 않으려고 할 때 우리는 집단에서 떨려 나오고 관계를 깨게 된다. 어떨 때는 도움이 꼭 필요하지 않더라도 도움을 청해야 한다. 그래야 함께 잘 지낼 수 있다.

의존성의 마법
- 의존성 성격장애

그런데 어떤 사람들은 지나치게 의존하려 한다. 이게 심하면 혼자서는 아무것도 하지 않으려 하고, 꼭 누군가의 도움을 받아야 하는 상태에까지 이르게 된다. 이런 경우를 의존성 성격장애라고 부른다.

상담이나 심리학 강의를 하다 보면 이런 경우를 종종 만나게 된다. 한겨울에 딸기를 따오라는 옛날 이야기 같은 요구를 남자 친구에게 하는 여학생, '누가 더 나를 잘 도와주는지 한번 봐주마'라는 자세로 여러 남자가 경쟁적으로 자기를 보살피고 도와주게 만들어 놓았던 경험을 뿌듯한 표정으로 묘사하는 여학생 등……

이런 현상은 주로 여자에게서 많이 나타나지만, 심심치 않게 남자의 경우도 있다. 여자는 티 나게 의존한다. 대놓고 도움을 요청하고 대놓고 의지한다. 하지만 남자 의존성 성격장애자는 자기가 상대에게 의존하면서도 큰소리를 쳐대는 경우가 많다. 마치 '나한테 도움을 줄 수 있게 된 걸 영광으로 알아라!' 하는 식이랄까?

주의할 것은 이 의존성 성격장애자들을 우습게 보지 말라는 것이다. 이 사람들은 남들에게 의존하는 삶을 너무 오랫동안 살아온 나머지 남들이 자기에게 관심을 가지고 도와주게 만드는 데는 거의 달인의 경지에 다다른 경우가 많다.

이런 사람이 옆에 있으면 당신은 아무리 바빠도, 아무리 힘들어도, 아무리 그러기 싫어도 그 사람을 한 번이라도 더 살펴보고 신경쓰고 도와주게 된다. 마치 마법에 홀린 것처럼 말이다.

겉으로 보기에는 마치 당신이 그 사람을 도와주고, 그 사람이 당신에게 의존하는 것처럼 보일 것이다. 하지만 한 꺼풀 벗겨 보면 실제로 그 관계를 주도하고 있는 주체는 당신이 아니라 그 사람이라는 것을 깨닫게 된다.

당신이 마법에 걸리는 첫걸음은 이 사람을 보고 이런 생각을 하게 되면서이다.

'이 사람을 도와줘야 하나 말아야 하나……'

그게 아니라 이렇게 질문하고 있다고?

'어떻게 하는 게 이 사람을 도와주는 길일까……'

역시 당신은 그에게 홀리고 있다. 이런 질문을 한 이후 당신은 그를 도와줘도 걸려들고, 도와주지 않아도 걸려든다. 왜냐하면 이 질문은 모두 당신이 아니라 상대를 중심으로 생각하게 되는 첫걸음이기 때문이다. 그 이후에는 어떻게 되었든 계속 그 사람의 입장에서 생각하게 되고, 그 사람이 보는 내 모습을 떠올리게 된다.

누가 나좀 움직여 줘.

의존성 성격장애자에게 가장 잘 대응하는 방법은 '이 사람을 도와줄 것인가 말 것인가'로 고민하지 말고 '내가 뭘 하고 싶은가'에 관심을 두는 것이다.

그(그녀)를 조금이라도 더 보고 싶다면 곁에 있고, 만약 그렇지 않다면 더 이상 얼쩡거리지 말고 그냥 떠나라. 약간의 불쌍함, 약간의 찜찜함 같은 것에 현혹되지 말아야 한다. 뒤를 돌아보는 순간, 당신은 그 사람의 마법에 끌려 들어가 버릴 것이다.

하지만 당신이 좋아하는 어떤 사람이 당신에게 도움을 청할 때, 그것은 별로 나쁘지 않은 마법일 수도 있다. 왜냐하면 그 도움을 주기 위해서 기울이는 당신의 노력은 결과적으로 당신을 성장시킬 수 있기 때문이다. 게다가 애정이라는 것은 결국 주고받음을 통해서 견고해지고 발전하게 된다.

그리고 이렇게 생각해 볼 수도 있다.

평생 내가 누군가에게 도움을 준 적이 있는가, 혹은 받은 적이 있는가? 그럴 수 있다는 것 자체가 어떤 면에서는 행운이 아닌가?

다음 질문에 답해 보자

① 혼자서는 어디를 가야 하고, 뭘 먹어야 하고, 어떤 일을 해야 하는지 등 매일매일 하는 결정도 내리지 못한다. 그래서 주변 사람들에게 어떻게 해야 할지 의논한다.

② 학생이라면 공부를 하는 일, 직장인이라면 자신에게 주어진 업무처럼 삶의 가장 중요하고 핵심적인 부분을 남이 책임지게 한다.

③ 상대의 지지와 칭찬을 잃을까 봐 두려워서 그 사람과 의견이 다르더라도 표현하지 못한다(단, 반대를 하면 실제로 보복을 당하기 때문에 이견을 표현하지 못하는 경우는 제외).

④ 스스로 일을 하거나 계획을 실행하기가 힘들다(동기나 에너지가 부족해서라기보다는 자기의 판단력이나 자기 능력에 대한 자신감이 부족하기 때문에).

⑤ 그렇기 때문에 불쾌한 일이라도 그것을 함으로써 누군가의 돌봄과 지지를 얻어낼 수 있다면 기꺼이 자원한다.

⑥ 혼자서는 살 수 없다는 심한 공포 때문에 불편함과 절망감을 느낀 적이 있다.

⑦ 연애나 친밀한 관계가 끝나면 시급히 새로운 관계를 찾는데, 그것은 외로움이나 사교성을 위해서가 아니라 자기를 돌봐 주고 지지해 줄 사람이 필요하기 때문이다.

⑧ 혼자 남는 것을 매우 두려워하며, 혼자 남지 않기 위해서 지나치게 노력한다.

■ 해설 ■

1~2개 항목에서 자기 모습을 찾은 당신은, 그저 자신의 부족함을 올바로 인식하고 있는 평범한 사람이다. 당신은 자기의 판단이 늘 옳을 수만은 없음을 알기 때문에 다른 사람의 도움을 기꺼이 받을 준비가 되어 있는 사람이다.

당신은 주변 사람의 충고를 받아들여 자기 의견을 바꿀 줄도 알고, 언제나 앞장서기보다는 뒤에서 따름으로써 험난한 세상을 무사히 넘기는 법을 이미 체득하고 있는 사람이다. 그래서 많은 경우 사람들에게 도움을 청하는 겸손하고 친화력 있는 사람으로 살고 있을 것이다. 하지만 당신의 자신감은 보통 사람들보다는 약간 낮은 편이다. 그러니 좀더 적극적이고 주도적으로 말하고 행동해도 된다.

예라는 대답이 3~4개 항목에서 나왔다면, 당신은 주변 사람들에게 의지가 부족한 사람으로 비치고 있을 것이다. 하지만 사실 당신의 문제는 의지력이나 능력의 부족이 아니다. 당신은 단지 혼자서 뭔가를 해내는 것을 두려워할 뿐이다. 혼자서 문제와 직면하고 해결해 본 경험이 없기 때문이다. 지금이라도 시도해 볼 필요가 있다. 어차피 인생은 혼자 왔다가 혼자 가는 것이므로.

8개 항목 가운데 5개 이상이 당신의 이야기로 느껴진다면, 이제 다른 사람에게 의지할 것이 아니라 전문가에게 의지할 때다. 하지만 어디서든 당신의 문제를 누가 나서서 대신 해결해 줄 것이라는 기대는 하지 말 것. 상담이나 심리치료는 의사가 문제를 해결해 주는 것이 아니라 당사자가 스스로 문제를 해결할 수 있게 도와주는 것이다.

10장

정면 대결이
어려울 때는
'배째라 정신'이
필요하다

우리를 끌어당기는 쪽으로 가서 끌리는 일을 하고, 반면 밀쳐내는 쪽에서는 자꾸 멀어져 그쪽 일을 하지 않으면 얼마나 좋을까?

하지만 세상이 그렇게 간단하게 되어 있지 않다는 데서 갈등은 시작된다. 이런 상황에서는 누구나 도망치고 싶어진다. 하지만 도망이라도 칠 수 있는 사람은 그나마 다행이다. 문제는 대부분의 경우에는 도망칠 수조차 없다는 데 있다.

우리가 살면서 부당한 대우나 요구를 받는 경우는 꽤 많다. 자기 일을 대신하게 하는 상사, 특별한 일도 없이 더 늦게 퇴근하라고 하는 요구는 부당하다. 하지만 직장생활을 하다 보면 그런 일은 종종 일어난다. 부모님이나 친구 역시 이미 나이를 먹을 만큼 먹은 당신의 삶에 계속 간섭과 태클을 걸어온다.

그런 경우 우리는 대체로 따지기보다는 좋게 좋게 넘어가야 한다고 배운다. 실제로 그렇게 살아야 문제를 피할 수 있는 것도 사실이다. 하지만 그게 어디 생각처럼 쉬운가?

좋게 넘어가다 보면 부당한 대우는 점점 더 심해지고, 나를 무시하거나 내 업무의 가치를 우습게 여기는 것으로 느껴질 때도 많다. 그렇다고 매번 따지기도 힘들고, 사실 따진다고 해도 좋은 결과를 기대하기 어려운 경우가 많다. 특히 상대가 직장 상사인 경우에는 더 그렇다.

이런 경우 우리는 상대에게 마음을 닫아 버리고, 그가 요구하는 것만을 간신히 해주는 방식으로 대응하기도 한다. 종종 미적거리다가 아슬아슬하게 일을 끝냄으로써 상대의 애를 태우기도 한다. 이럴 때는 '내가 하는 일이 얼마나 중요한지 이젠 좀 느껴지지?' 하고 마음속으로 말하고 있는지도 모른다.

그게 심해지면 어떤 경우에는 결정적인 순간 펑크를 내기도 한다. "자, 내가 얼마나 결정적인 역할을 하는지 이젠 알겠지?" 하고 말하는 대신에 말이다.

또 거절하기는 힘들지만 그렇다고 하고 싶지도 않은 일 앞에서 우리는 삐딱하게 굴 때가 있다. 그래서 어떤 사람이 당신과의 만남에 자꾸 늦는다거나 빠진다는 것은(물론 각 경우마다 어쩔 수 없는 이유가 있다. 길이 밀리고, 사고가 나고, 누구를 만났고…), 그 사람이 당신을 만나고 싶지 않은데 억지로 만나고 있는 상황임을 의미할 수도 있다.

이 방법은 별로 눈에 띄지는 않지만 의외로 강력한 효과를 발휘한다.

특히 상대방에게 발휘하는 효과는 예상외로 강하다. 상대방의 입장에서는 직접 대놓고 대들기라도 하면 이유라도 알겠는데, 그리고 어떻게든 해결을 하겠는데 이렇게 애매모호하게 겉으로는 '예, 예' 하면서 실제로는 안 하는 방식으로 나오면 대책이 없다.

그렇기 때문에 일단 이 방법에 맞을 들이면 빠져나오기가 힘들다. 혹자는 이런 태도를 가리켜 '배째라 정신'이라고도 하고, '복지부동'이라고도 한다.

'배째라 정신'의 습관화
- 수동 공격성 성격장애

그런데 이런 대응 방식은 몇몇 골치 아픈 상대에게만 조심해서 써야지 자꾸 쓰다 보면 습관이 되면서 당신에게도 나쁜 결과를 가져온다. 특히 생활 전반에 걸쳐서 아예 이런 행동 방식이 습관화된 사람들이 있다. 이런 사람들은 심지어 자기를 위해서 해야 하는 일조차도 뻗대고 미적거린다. 이런 경우를 가리켜 수동 공격성 성격장애라고 부른다.

적극적인 공격이나 반발이 아니라 시키는 것을 하지 않는 방식의 수동

적 공격이라는 뜻이다. 수동 공격이 습관화되면 나중에는 그냥 세상의 모든 일이 삐딱하게 보인다. 권위도, 규칙도 모두 삐딱하게 보이고 불만스럽다. 말하자면 '투덜이 스머프'가 되는 것이다.

예전에는 이런 성격을 '반골기질(反骨氣質)'이라 부르면서 나름대로 가치를 부여하기도 했지만, 지금은 치료 대상으로 간주한다.

다음 질문에 답해 보자

❶ 남이 하기 싫은 일을 시키면 당당히 거부하기보다는 실제 내가 할 수 있는 것보다 더 느리고 불완전하게 한다.

❷ 남들이 나를 제대로 이해하고 평가하지 않아서 불만이다.

❸ 평소에 뚱하고 비꼬아 말하는 적이 많다.

❹ 나보다 지위가 높은 사람들은 다들 어딘가 그리고 문제가 있는 것으로 보인다.

❺ 나보다 더 행운이 있는 것 같은 사람을 보면 어쩔 수 없이 화가 난다.

❻ 솔직히 나는 남들보다 훨씬 운이 없고 불행하다.

❼ 상대방의 속을 긁어 놓고는 뒤늦게 후회하는 일이 종종 있다.

■ 해설 ■

1~3개 항목에서 예라고 답했다면, 당신은 아직 심각한 수준은 아니다. 평범한 사람들 중에도 당신 같은 사람이 꽤 많다. 즉, 사람들을 많이 배신하는 유형이다. 처음에는 모두 당신이 너그럽고 협조적인 예스맨인 줄 알았다가 얼마 지나지 않아 그게 착각이었음을 깨닫는다.

물론 당신이 좋은 마음으로 도와주거나 일하겠다고 약속은 했는데, 너무 바빠서 그 약속을 못 지킨 것으로 이해해 주는 사람도 있을 것이다. 하지만 당신의 그런 전략은 장기적으로 볼 때 당신에게 별로 도움이 되지 않는다.

조금씩 고쳐라. 지킬 수 없는 약속은 하지 않는 습관을 길러야 한다. 그러지 않으면 당신의 가장 중요한 자산인 신뢰를 잃게 된다.

4개 항목 이상을 예라고 답한 당신은 뻗대는 것이 체질화된 사람이다. 당신 주변의 사람들은 이미 당신을 포기했을 것이다. 그나마 당신에게 남들에게는 없는 어떤 능력이 있다면, 사람들은 당신의 인간성과 믿을 수 없이 일을 미루는 습관에 대해 투덜거리면서도 어쩔 수 없이 당신과 일하려 할 것이다. 하지만 그런 비교우위가 사라지고 나면 당신을 부르는 사람은 없을지도 모른다.

아마 당신도 머리가 있다면 자신의 문제를 대강 눈치채고 있을 것이다. 그리고 그것이 당신의 의지로 어떻게 해볼 단계를 넘어 버렸다는 것도 알 것이다. 이 문제는 당신 자신에게도 갈등을 일으키고 있다. 당신은 갈등이 생기면 일단 거기서 피하고 보는 유형이고, 그 결과 일을 미루고 펑크를 내온 셈이다.

이제 문제가 더 심각해지기 전에, 신뢰를 완전히 잃어버리기 전에 전문가를 찾아서 도움을 받아야 한다. 당신에게는 세상을 대하는 방식 자체를 완전히 바꾸는 과정이 필요하다.

:: 레빈(Kurt Lewin)의 갈등구조 ::

쿠르트 레빈(Kurt Lewin)은 독일 출신의 심리학자로 미국의 사회·산업 심리학계에서 매우 중요한 위치를 차지하는 사람이다. T-Group이라든지 집단역동에 대한 그의 연구 결과는 아직도 유용하게 활용되고 있다.

그는 인간의 행동은 결국 그 인간을 둘러싼 환경의 결과물이라고 보았다. 이때 인간이 선택해야 하는 행동들은 모두 자석의 N극과 S극처럼 밀고 당기는 힘을 가지고 있다. 같은 극끼리는 밀어내듯 우리와 가까이하지 않게 되는 행동이 있는데, 이것은 우리가 하기 싫어하는 행동들이다. 그리고 다른 극끼리처럼 서로 당기는 행동은 바로 우리가 하고 싶어하는 행동이다.

그러니 그 사람의 주변에 어떤 밀고 당기는 힘들이 놓여 있는지를 알면 그 사람이 어떤 행동을 하게 될지도 알 수 있다. 마치 쇠구슬 주변에 어떤 자석들이 얼마만큼의 힘을 가지고 어떤 방향으로 놓여 있는지를 알면 그 쇠구슬이 어떻게 굴러갈 것인지를 알 수 있는 것처럼 말이다.

그래서 레빈의 이론을 심리적 장 이론(Psychological Field Theory)이라 부르고, 개인마다 어떤 심리적 자석들이 배치되어 있는지를 지도의 등고선을 그리듯 이해하려한 그의 방법론을 심리위상학(Mental Topology Theory)이라고도 부른다.

레빈은 우리의 갈등을 다음과 같이 분류했다.

(1) 접근 – 접근 갈등

어떤 두 가지 일이 모두 나를 끌어당기는 경우이다. 하지만 내 몸은 하나라서 한 가지 일만 할 수 있다. 그래도 이런 갈등은 정말 행복한 갈등이라고 볼 수 있다. 왜냐하면 이런 갈등을 경험할 만큼 팔자가 좋은 사람은 매우 드물기 때문이다. 이런 경우에는 둘 가운데 나를 더 강하게 끌어당기는 쪽으로 가게 된다.

(2) 회피 – 회피 갈등

가기 싫은 두 갈림길 앞에 놓인 상황이다. 이것도 싫고 저것도 싫다. 마치 N극 자석을 가운데 놓고 양쪽에서 같은 N극으로 압박해 들어가는 것과 같은 결과가 나타난다. 즉, 둘 가운데 어느 쪽도 아닌 제3의 방향으로 튕겨 나가는 것이다.

그래서 하기 싫은 두 일 가운데 어느 쪽도 하지 않고 전혀 엉뚱한 일을 한다고 도망친다. 사실 우리가 경험하는 갈등은 이 유형 쪽이 더 많다.

(3) 접근-회피 갈등

따지고 보면 우리 주변에 존재하는 상황이나 대상들 가운데 순수하게 하기 싫거나, 순수하게 하고 싶은 것들은 별로 없다. 하고 싶은 마음은 있지만 약간 거슬리거나, 싫긴 하지만 그래도 당기는 어떤 면이 있는 경우가 대부분이다.

이를테면 아이스크림은 너무 맛있어 보이지만 이걸 먹자니 배가 나올 것 같다거나, 반해 버린 이성에게 접근하고 싶지만 그러다가 차이기라도 하면 그때 닥쳐올 좌절감이 두려운 상황 같은 경우다.

자석도 그렇다. 자석의 한쪽이 N극이면 다른 쪽은 S극이기 마련이다. 즉, 모든 현상에는 양면성이 있다. 이런 경우 접근-회피 갈등이 일어난다. 끌리기도 하면서 밀쳐내고 싶기도 한 그런 상황이다.

(4) 다중 접근 – 회피 갈등

우리 주변에 존재하는 상황이나 대상들은 위에서 말한 것처럼 접근하고 싶은 욕구와 피하고 싶은 욕구를 동시에 발생시키는 것들이 대부분이다. 그뿐만 아니라 이런 상황이나 대상이 한 번에 하나씩 존재하는 경우는 거의 없다. 대체로 두 가지 또는 세 가지 접근 – 회피 갈등이 들이닥치는 것이다.

우리의 번뇌는 바로 이런 다중 접근 – 회피 갈등에서 시작된다. 어찌해야 할지 모르는 상태, 고민, 스트레스는 모두 여기에서 나온다.

쿠르트 레빈에 따르면
우리는 자석이다.

그래서 어떤 것에는 끌리고…

아이스크림이다!

어떤 것에는 밀려난다.

힘들어.

문제는…

우리가 살면서 만나는 것들은
대부분 양면성을
가지고 있다는 점이다.

먹고 싶은데
살찔 거 같고…

그래서 갈등이 생긴다.

11장

현실은
원래
우울한 법이다

정신의학자들은 '우울증'은 감기와 같다고 한다. 감기에 걸리지 않는 사람이 드문 것처럼 우울증은 누구에게나 찾아온다. 하지만 감기에 걸렸다가도 쉽게 낫는 것처럼 우울증 역시 언제 그랬나 싶게 나아 버린다. 그리고 감기에 한 번 걸렸다고 다시 안 걸리는 게 아닌 것처럼, 우울증도 살면서 여러 번 걸렸다가 낫는 과정을 반복한다.

우울증은 어쩌면 우리가 진정 현실을 직시하는 순간 찾아오는 것일지도 모른다. 일반적으로 건강하게 살기 위해서는 주어진 현실을 있는 그대로 받아들여야 한다고 생각한다. 하지만 이것은 사실이 아니다. 현실을 있는 그대로 받아들이고서도 정신 건강을 유지할 수 있는 사람이 얼마나 될까?

자, 현실을 따져 보자.

우리는 대개가 영화나 드라마의 주인공처럼 잘생기지도 못했고, 유명한 학자들처럼 머리가 좋지도 않으며, 운동선수처럼 체력이나 운동신경이 뛰어

난 것도 아니고, 위인들처럼 남들에게 기억되지도 않는 초라한 삶을
살다가 결국 떠나고 말 것이다.

이런 현실을 그대로 받아들이라고?

그러면 남는 것은 우울증과 자살 충동뿐이다.

현실을 직면하고 좌절하는 모습

오히려 정신 건강의 비결은 현실 가운데서 긍정적인 일부만 받아들이
고 부정적인 나머지는 외면하는 데 있다. 그리고 다행스럽게도 세상은
언제나 다른 해석의 여지를 남겨 준다. 덕분에 우리는 컵에 물이 반만

차 있어도 아직 반이나 남아 있다고 생각할 수 있는 것이다.

컵에 물이 반이나 남았어… 그건 현실이 아냐!
대부분의 남자들이 자기가 잘생겼다고 여기는 비결도 이런 것이다. 남
자들은 보통 거울을 보면서 자기 얼굴의 잘생긴 면만을 받아들인다.
아무리 떡판이라 할지라도 오뚝한 코에 주목을 하고, 아무리 눈이 작
아도 촉촉한 눈동자에만 주목을 한다. 피부가 아무리 귤껍질에 가까워
도 비교적 봐줄 만한 턱선만을 본다. 그 결과 모든 남자들은 자기가 잘
생겼다고 생각한다.

컵에 물이
반이나 남았어.

현실을
왜곡하지 마!

감정 인식형

다혈질형

우울형

행복은 결국 자기의 현실을 얼마나 잘 왜곡하느냐에 달려 있는지도 모른다. 따라서 오히려 우울증 성향이 전혀 없는 사람이 좀 이상한 사람일지도 모른다.

이를테면 반사회적 성향이 있는 사람들은 우울증에 걸리지 않는다. 죄책감이 없기 때문이다. 그리고 자기애적 과대망상에 걸린 사람도 우울증에 걸리지 않는다. 자기는 늘 잘났고, 대단한 사람이라고 착각하기 때문이다.

우울한 평상심
- 우울성 성격장애

이렇듯 정상적인 사람이라면 우울한 기분에도 익숙하다. 하지만 늘 그런 기분으로 살지는 않는다. 그런데 어떤 사람은 매일매일을 우울하게 산다. 그 사람에게는 평상심이라는 게 바로 우울한 기분이다. 그래서 우울하지 않고 남들이 말하는 평범한 기분이 되면 상당히 놀라고, 흥분하고, 두려워하기도 한다.

이런 사람이 옆에 있으면 당신도 함께 기분이 저조해진다. 마치 기쁜

정서의 블랙홀 같은 느낌이 들 수도 있다. 비유하자면 아무리 햇볕이 쨍쨍 비처도 그 사람의 주변은 어둑어둑한 것처럼 보이는 느낌이랄까. 평소에 안 그러다가 이렇게 되는 사람은 걱정을 해야 하지만, 늘 이런 사람은 특별히 걱정하지 않게 된다. '저 사람은 원래 저러니까' 하고 말이다. 하지만 이런 사람이 더 심한 우울증에 걸릴 가능성도 높다고 한다. 그러니 '늘 저러니까' 하고 쉽게 봐넘기다가는 큰일을 치를 수도 있다. 기본적으로 비관적인 생각의 반복과 증폭이 우울증의 주된 특징이다. 이게 심해지면 자살을 시도하게 된다.

세상은 비관적으로 볼 수도 있고, 낙관적으로 볼 수도 있다. 평범한 사람들은 세상을 낙관적으로 사는 것이 얼마나 대단한 기술인 줄 모른다. 하지만 비관적으로 보자면 끝도 없이 비관적일 수 있는 데가 바로 세상이다.

회사와 감옥의 차이점에 대한 다음 농담을 읽어 보자.

감옥에서는 대부분의 시간을 네 평짜리 방에서 지내고, 회사에서는 대부분의 시간을 한 평짜리 책상에서 지낸다.

감옥에서는 하루 세 번의 식사를 제공받지만, 회사에서는 하루에 한 번 식사할 시간만 제공받는다. 물론 식사비는 자신이 부담한다.

감옥에서는 착실하고 성실하게 생활하면 형기가 줄어들지만, 회사에서는 착실하고 성실하게 생활하면 더 많은 일이 주어진다.

감옥에서는 간수가 모든 문을 손수 열어 주고 닫아 주지만, 회사에서는 자신이 보안카드를 가지고 다니면서 손수 문을 열고 닫는다.

감옥에는 가족이나 친구들이 면회를 올 수 있지만, 회사에서는 가족이나 친구들에게 전화조차 마음대로 할 수 없다.

감옥에서는 감옥 안에서 사귄 친구들을 항상 제 시간(식사 · 운동 · 산책)에 만날 수 있지만, 회사에서는 같은 회사 안에 있는 친구를 만나려면 빨리 모든 일을 끝내고 상사가 퇴근할 때까지 기다려야 한다.

감옥에서는 넥타이를 매지 않은 편한 복장으로 지내지만, 회사에서는 항상 빳빳하게 다린 와이셔츠에 넥타이를 꼭 졸라매야 한다.

감옥의 경우에는 인생의 대부분의 시간을 바깥 세상을 그리워하며 철창(bars) 안에서 보내지만, 회사의 경우에는 인생의 대부분의 시간을 바깥 세상을 그리워하며 술집(bars) 안에서 보낸다.

감옥에는 가끔 변태적인(가학성이 있는) 교도관들이 있다. 회사에

서 우리는 그들을 '상사'라고 부른다.

직장을 다녀 본 사람이라면 이 농담이 아이러니한 진실을 담고 있음을 알 것이다. 우리가 영화 〈쇼생크 탈출〉을 보면서 그렇게 쉽게 감정이입을 할 수 있는 이유도 어쩌면 인생이 일종의 감옥이라는 사실을 우리 모두가 어렴풋이 느끼고 있기 때문일지도 모른다.

그리고 이 농담이 진실이라면, 결국 현대 직장인들의 삶이란 교도소 죄수보다도 못하다는 뜻이다. 그럼에도 불구하고 우리는 자신이 이 치열한 경쟁사회에서 번듯한 직장에 다닌다는 자부심을 가지고 감옥보다 못한 곳을 들락거린다.

직장을 감옥처럼 여기는 사람이 현실을 제대로 보는 것일까, 아니면 그런 직장에 다닌다는 자부심으로 넘치는 사람이 현실적일까?

다시 한번 말하지만, 현실을 왜곡해야 정신 건강에 좋다.

다음 질문에 답해 보자

1 평상시의 기본 감정이 평온함이 아니라 낙담, 침울함, 즐거움이 없음, 기쁨이 없음, 불행함이다.

2 자기가 부적절하고 무가치하다는 믿음을 가지고 있으며, 자존심 역시 약하다.

3 자신에 대해 비판적이고 자기 탓을 하며 자신을 과소평가한다.

4 곰곰이 생각에 빠지며 걱정을 잘한다.

5 타인에 대해 부정적 · 비판적으로 판단한다.

6 비관적이다.

7 하루에도 여러 번 죄책감을 느끼거나 후회를 한다.

■ 해설 ■

1~2개의 항목에 고개를 끄덕였다면 당신은 주변 사람들에게 겸손함이 지나치다는 평을 듣거나, 너무 분위기가 가라앉아 있다는 핀잔을 듣는 경우가 많을 것이다. 하지만 건방짐과 자만심으로 가득한 보통 사람들에게 질려 버린 사람들은 당신의 기름기 없이 메마른 정서에 매력을 느끼기도 한다.

당신은 말수가 적은 편이라서 비밀이 많거나 약간 신비스러운 인물로 비칠 수도 있다. 어떤 경우든 당신이 어떻게 활용하느냐에 따라서 이점으로도, 결점으로도 작용할 수 있다.

3~4개의 항목에 예라고 대답했다면, 당신은 수도사적 기질이 있는 사람이다. 석가모니가 당신과 같은 심성의 사람이었다. 당신의 눈은 인생의 어둡고 모순된 면을 외면하지도 못하고, 그렇다고 비틀린 시각으로 냉소하지도 못한 채 그저 그대로 볼 수밖에 없는 운명을 타고났다.

하지만 그 어두운 시각이 당신 자신을 파괴할 정도는 아니다. 그러니 어둠과 빛의 경계에서 어둠 속을 들여다볼 수 있는 당신의 능력을 활

용하라. 당신이 시 또는 글을 쓰거나 그림을 그린다면 다른 사람은 생
각해 본 적이 없는 수준의 암울함을 표현할 수 있을 것이다.

5개 이상의 항목에 예라고 대답했다면, 당신의 암울함은 이제 당신 자
신과 당신의 주변 사람들마저 집어삼키는 수준이다. 세상과 다른 사람
들의 긍정적인 면은 다 날려 버리고 부정적인 면만 보고 사는 당신에
게 이 세상은 이미 지옥이다. 아무도 당신의 그 지옥도에 끌려 들어가
고 싶어하지 않는다.

모두에게 지옥을 경험하게 하기보다는 당신 스스로 고치고 정정해야
한다. 전문적인 도움을 받을 것!

밤 12시 30분

그날 아침 9시…

다른 사람에
대한 이해가
나를 이해하는
지름길이다

열 손가락 가운데 깨물어서 아프지 않은 손가락은 없다.

보통 우리가 각 존재의 중요성을 이야기할 때 쓰는 말이다. 그런데 손가락이 중요한 진짜 이유는, 깨물면 아프기 때문이 아니라 열 개의 손가락이 각각 다른 손가락의 존재를 전제로 존재하기 때문이다.

엄지손가락은 집게손가락이 있기 때문에 의미가 있다. 두 손가락이 함께 있어야 우리는 쉽게 물건을 집을 수 있다. 새끼손가락은 나머지 네 손가락에 비해 훨씬 중요성이 떨어져 보이지만, 새끼손가락이 없으면 골치가 아프다.

이것은 성격의 경우에도 마찬가지다.

우리가 가지고 있는 집착, 의심, 공격성, 자신감, 우울함, 이기심, 변덕, 현실 왜곡은 우리 삶에 없어서는 안되는 특성들이다. 만약 그것들이 불필요했다면 오랜 인류의 진화 과정 속에서 사라졌어야 한다.

하지만 우리는 여전히 그런 특성을 가지고 있고, 그것이 모여서 우리의 다양한 성격을 만든다. 성격이 하나의 요리라면, 위에 열거한 특성들은 그 요리를 만드는 다양한 양념과도 같다.

우리 인간의 가장 큰 장점은 다양성이다.

그리고 그 다양성은 바로 우리가 가진 성격이라는 다양한 양념들의 배합으로 만들어진다.

우리가 일상에서 만나는 사람들 가운데는 나와는 전혀 맞지 않을 것 같은 사람도 있다. 하지만 그와 나를 만든 것은 결국 같은 재료다. 단지 그 배합의 미묘한 차이가 겉보기에 완전히 다른 성격처럼 드러날 뿐이다.

그리고 성격이 그렇게 배합된 데는 다 이유가 있다.

그 이유라는 것은 과거에 어떤 경험을 했느냐에 달려 있기도 하지만, 그가 지금 살아가는 방식에 어떤 도움이 되고 있느냐의 문제이기도 하다. 즉, 모든 사람의 성격에는 모두 그만한 가치가 있는 것이다.

상대방의 성격에서 두드러지는 양념이 무엇이고 왜 그 양념이 많이 들어가 있는지를 이해한다면, 우리가 상대하지 못할 사람은 없다. 그가 가지고 있는 것은 반드시 나에게도 있고, 내 것을 이해함으로써 상대방의 것도 이해할 수 있기 때문이다.

다행스러운 점은 대인관계에서의 이해라는 것은 언제나 일거양득의 효과가 있다는 것이다.

다시 말해서 상대방을 잘 이해하면 내 속에 있는 상대방의 모습도 이해하게 된다. 즉, 다른 사람을 이해하는 것이 바로 나를 이해하는 지름길이 된다.

이 책이 그러한 이해에 도움이 되기를 바라며, 이만 글을 마친다.